黒木淳哉

Junya Kuroki

文芸社

はじめに

人生には数々の見えない扉があり、時には開けない方が良かったと思える、辛い結果となる扉もある。しかし暫く時がたって振り返ってみると、その結果はよい経験となり、決して無駄ではなかったことに気づかされることもある。

このことに気づいたのは、１９９０年代後半つまり世紀末の学生時代の海外旅行と学生生活を、社会人として仕事が一段落した頃に振り返ってからである。当初は、海外を舞台として、日本と外国、日常と非日常の単なる比較を行っていたのだが、時勢や読書、出会う人々との会話を通じて現在と過去の比較を行うようになり、また、武道での怪我、病気、大切な人々の病気や死、そして熊本地震での経験を通じて、生と死の対比を強く意識するようになった。

これはもはや単なる旅行記ではなく、歴史書でもなく、人生とは何か、自分たちはどう生きていったらいいのかについて考えた人生哲学書である。そして、あえて学生時代の旅行記という体裁をとることで、できるだけ「難しいものを分かりやすく面白く心地よく」、この混迷の世を生きる人々に伝えてみたかった。

本文では、1990年代後半の時代性を表現するために、また、全体として人種問題も扱っているために、あえて、現代からすると不適切と判断されるかもしれない表現を使用させて頂いた。特に後者の人種問題は米国編まで読んで頂けるとご理解頂けると思っている。

目次

はじめに　3

第1章　1997年夏、インド　7

カルカッタ　8
バラナシ　16
カルカッタ　II　46
東京　56

第2章　1999年夏、台湾　59

東京　60
台北　95
台南　99
台北　II　115

第3章　2000年秋、米国

東京　120
ニューヨーク　152
ワシントンD.C.　164
アナポリス　179
ニューヨーク　Ⅱ　185
あとがき　207

第1章　1997年夏、インド

カルカッタ

熱海(あたみ)へと続く上りの山道を右に曲がると、目の前一面に光り輝く大海原が広がった。それは「太平洋」だった。それまで内海しか見たことのなかった私の中で確かに何かが震えた。

それから数ヵ月後の1997年の夏、生まれて初めての海外旅行先にインドを選んだ。成田発カルカッタ行きエア・インディア機内のスクリーン上に東南アジア上空の地図が映し出され、現在地が表示されると、何とも不思議な感覚に襲われた。それまで地図や地球儀でしか見たことのない異国の上空に、今、自分がいるのだった。現実なのかそれとも夢なのか。実に妙な感覚だった。一度バンコクを経由。着陸時に横揺れする。インドに着く前に死を覚悟した。墜落してしまっては、1ヵ月にわたり、都内の保健所まで足繁く通って受けた、マラリア・赤痢・狂犬病などの予防接種はまるで何の意味もないもののように思われた。また、旅行資金は単発のアルバイトで貯め、親にはツアーで行くとしか伝えていなかった。

それからビールを飲んで一眠りすると、間もなく着陸とのアナウンスが流れる。到着すると、窓から多数のライトが闇夜を照らしているのが見えた。ドアが開いたので、荷造りしてタラップを降りると、暗がりから突然、モアッとした生温かい、甘ったるい匂いの空気が押し寄せてきた。そこは「インド」だった。それから送迎バスでホテルに着くまでの間、まるでテレビでも見ているかのようで、目前の光景を現実だと受け入れるまでに暫く時間がかかった。空港での褐色や黒色の肌の客引きの群れ、バスの窓から見える、裸足(はだし)で荷車を引く老人、ストリートチルドレン。初めて直に見る光景だった。

ホテルリットン（『深夜特急』の沢木耕太郎氏が泊まったという高級ホテルと後に知る）に着き、荷物を降ろすや否や、髭もじゃのバスの運転手からチップを要求された。いくら払ってよいのか分からないでいると、一緒だった中年の日本人男性が払ってくれた。いかにも旅慣れた様子だった。当日のホテルは夜到着ということで航空券とセットになっており、飛行機で一緒だった多くの日本人がいた。女医さんを含む女性2人組もいた。そこはまだ、ひとまず「日本」だった。

それからロビーでチェックイン待ちをしていると、髭を生やした1人の若い褐色の男性従業員が私をずっと睨んできた。しかし、インドの対日感情は、かつて日本が独立運動を助けたこともあってそれほど悪くないと聞いていたので、単なる若い私への脅しだろうと思い、ずっと無視していた。それからしばらくして別の従業員に連れられて自分の部屋に入ると、事前に調べて準備していた通りに、専用の道具を使って部屋の戸締まりを二重にした。

半刻ほど経って先ほどの中年の日本人男性と食事に出かけた。暗闇の中、舗装もされていない、水溜まりのある道をしばらく歩いた。どこのどの店に入ったのかよく分からなかった。そこは薄暗くて縦長の店で、別の日本人男性も一緒だった。その男性はデリーから入国し、ガンジス河沿いに下ってきて、明日帰国するということだった。髭が伸び、真っ黒に日焼けをしていて、つい先ほどまでジャングルの中を彷徨ってきたかのような壮絶な様子だった。自分もこんなふうになるのかと、不安を感じつつも、心の警戒レベルを一気に最高レベルにまで引き上げた。

翌日、再び中年の日本人男性とホテル近くの食堂で昼食を取った。名前を中田さんと言った。中肉中背で体格が良く、実に旅慣れた様子で、「できるだけ1人で旅した方がいい。喧嘩になるから。それと、何年も世界中を旅して回っているような放浪者は変わったのが多いから気をつけた方がいいよ」とのアドバイスをくれた。突然、世界のど真ん中にポンッと放り出されたような感覚に陥った。眩暈にも似た感覚だった。そこはもう東京でも日本でもなく、あの大きなユーラシア大陸南端のインドだった。帰りの飛行機に乗り遅れたら、航空券を新たに購入するほど十分な現金もクレジットカードも所持していなかったので、もはや歩いて家に帰ることは到底不可能だった。

しかし、すぐに気を取り戻し、助言のお礼を言い、固い握手をして別れた。それから近くの美術館にでも行こうと思ったが、今回の旅の目的は「芸術鑑賞」ではなく、あくまでも「インド見聞」だったので、次の街へと急ぐことにした。正直言って、カルカッタは都会で整いすぎていて、あまり面白くなかった。インドは当時、観光に力を入れ始めており、哲学の授業で教授から聞いていた「旅行者が歩くと群がる」浮浪者たちは、ほとんど見当たらなかった。

ハウラー駅へは、最初徒歩で向かったが、暫くすると辺りが物騒になり始め、日が暮れる前に着いておきたいこともあり、すぐにホテルまで戻りタクシーを呼んでもらった。裏道はやたらと野犬とカラスが多く、徒歩での観光はかなり危険を伴うものだった。いかにインドの野犬が骨と皮だけで、カラスは日本でいう鳩ぐらいのサイズしかなくても、危険であることには変わりなかった。しかも大通りには、刺すような日差しの中、熱く乾いたアスファルトの上に人々がござを敷き、その上で毛布に包(くる)まって寝ており、生きているのか死んでいるのか分からないほどピクリとも動かなかった。背丈は子どものように小さく、まるで別の惑星に来たかのような異様な光景だった。また特にハウラー駅周辺は、舗装すらされていないほど開発が進んでおらず、見るだけでもタクシーに乗って正解のようだった。

ホテルリットンで呼んでもらったタクシーは、古き良きヨーロッパを思わせる黒塗りのビートルで、明らかに庶民の乗り物ではないと分かった。またその運転手も白い手袋に正装をしており、非常に礼儀正しい男だった。

ハウラー駅では迷いに迷った。堪りかねて案内係を見つけ筆談すると、古い方の駅舎に来ていた。そこは短・中距離列車が発着するところで、長距離は新しい方ということだった。さすが古い駅舎だけあって、地面には糞尿のようなものが垂れ流しになっていた。

早速、新しい方へ行ってみると、切符売り場は長蛇の列。圧倒されてしばらく眺めていると、そこに日本人らしき眼鏡を掛けた男性を発見した。向こうもこちらに気づいたらしく、先に声をかけてきた。彼は東大の４年生で、ある有名外資系企業に内定をもらっているということだった。名前は内藤さんと言った。外資系らしく、待っているときはパソコンで何やら色々と作業をしていた。当時ではまだ珍しいデジカメまで持っていた。

しばらくして、ようやく窓口まで辿り着くと、バラナシ（ガンジス河の沐浴で有名）行きのチケットを買った。最後に初老の駅員に「Baranasi, OK?」と言って確かめると、首を横に傾げた。拙い英語でもう一度確かめてみると、再度、横に傾げた。「こんな簡単な英語も通じないのか」とも考えたが、しばらくしてやっと、ガイドブックの注意書きを思い出した。「インド人が肯くとき時は、首を縦に頷くのではなく、横に傾げる」のだった。内藤さんと思わず笑った。

その後、また迷った。電光掲示板の表示がよく分からず、どの列車に乗ってよいのか分からなかったのだった。発車まであまり時間も無かったので、すぐに駅員室へ相談に行くと、体格のよい髭もじゃの駅長が出てきて、「I will take you.（自ら案内する）」ということだった。それから案内のまま列車に乗り込むと、礼を言ったにもかかわらず、彼はなかなか、そこを離れようとはしなかった。不思議に思って理由を聞くと、まさかとは思ったが、「チップ」を要求された。まさか「駅長」が「チップ」を要求するとは考えてもおらず、2人でしばらくあっけに取られていた。

列車は二等寝台を選んで正解だった。「冒険」にはもってこいのものだった。寝台と言っても、座っているソファー状の座席にただそのまま寝るだけ。一応二段ベッドなのだが、シーツもタオルケットもない。念のために持って来ていた綿製の長袖シャツをタオルケット代わりに着て寝た。夏とはいえ夜はやや寒かった。

インドの列車は、街中(まちなか)同様、賑やかだった。途中、停電で止まり、車内が真っ暗になったり、駅での停車中に乗り込んできた片腕の無いストリートチルドレンが「Baksheesh!」と恵みを求めてきたり、売り子たちが様々なものを売りに来たりした。まずミネラルウォーター。これがよく見てみると蓋に封がしていなくて、明らかに外で拾った空殻に水道の水、もしくは川の水を入れただけの代物だと分かるものだった。気を抜いていると、飲んで伝染病にでもなりかねなかった。一方で、チャイというミルクティーは甘くて温かくて美味だった。これもどんな水を使っているか分からなかったが、沸騰させている分、水よりもましだった。器は土器で、飲み終わると、皆、窓の外に放り投げていた。最初は抵抗があったが、よく考えてみると、土へと返っていくので、一種の「エコ」ではあった。

夜中、ふと目を覚ますと、あたり一面、オレンジ色。眼鏡を掛けてよく見てみると、それは途中で乗ってきた、バラモン教か何かの僧侶たちが通路に溢れていたのだった。恐らく無賃乗車なのだろう。枕元には、いつ置いたのか、ゴミと間違いかねない荷物が置いてあり、どうやらそれはすぐ下にいる僧侶のものらしかった。しかし相手が僧侶だけに「退かせ」とも言えず、自分の荷物に盗難防止用のチェーンがかかっていることを確認して、また、寝た。

翌朝起きると、僧侶たちは消え、車内は平穏を取り戻していた。内藤さんが先に起きていて窓際に座っていたので、自分もそこへ行き、昨夜の僧侶たちについて話し、盛り上がった。どうやら夢ではなかったようだった。そして同じコンパートメント内の客も完全に入れ替わっていて、父親と笑顔のかわいい小さな娘が新たに加わっていた。片言の英語で話しかけてみると、「We're going home.（家に帰るところ）」ということだった。それから、少女とジェスチャーで会話し盛り上がっていると、突然、父親が不機嫌になって文句を言ってきた。外国人である私をかなり警戒している様子だった。困ったことに相手の誤解を解くだけの英会話力も無かったので、しばらく席を外すことにした。30分ほど経ってから戻って、「Can I take your pictures?（写真を撮ってもいいですか？）」と許可を得て写真を撮ってあげると、父親が急に笑顔になり、住所を教えてきた。どうやら、「ここまで送れ」ということのようだった。

バラナシ

それからしばらくして、バラナシ駅に到着した。そこにはハウラー駅のような都会の喧騒はなく、日本での旅先を思い出させる、青い夏空が広がる、のどかで閑散とした駅だった。それからホーム同士をつなぐ連絡橋を渡り、階段を下りていると、突然、初老の男性が「Will you get on my rikisya?（私のリキシャーに乗りませんか？）」と声を掛けてきた。訝しがる我々を横目に、彼は笑顔で手帳を取り出し、日本人客が書いた彼に対するお礼のコメントや一緒に映った写真をいくつか見せ、いかに自分が誠実で親切で善良な人間であるかを我々に理解させようとしてきた。我々は、笑顔の似合う、善良そうなその老人を信用することにし、彼のリキシャー（オートバイ式の人力車。名前も日本の人力車に由来する）に乗ることにした。行き先を日本人女性が経営する「Kumiko's House.」と伝えた。それから駅の外に出てみると、正面玄関前にはリキシャーがずらりと並び、「市場の競り」のように客の獲得競争が行われていた。それを見て我々は「やっとインドに来た気がしますね。でも着いて早々あれじゃ、大変でしたね」とお互いの顔を見て笑った（インドでは先に目的地を言い、料金を交渉するのが基本）。バラナシの交通は、まさに「リキシャーのサーキット」といった様相で、お互いがちょっと擦れ合うぐらいは日常茶飯事のような、見事な混雑ぶりだった。そしてまさにここから、私の本格的なインド旅行が始まるのだった。

駅から走り出して暫くすると、急にリキシャーは止まった。どうしたのかと尋ねると、何でも、「A riot is happening near the Kumiko's House now. We will take you to another hotel we know.（今はクミコズ・ハウス付近で暴動が起きている。これから我々の知っているホテルに案内する）」ということだった。当時、大学1年だった私は、相手の言うことがよく聞き取れず、内藤さんに何を言っているのか教えてもらった（これでも京都の国立大へ行くために、当時不要だったリスニングの勉強をしていたので、英語には相当自信があったのだが、実際の英語は早くて聞き取れなかった）。内藤さんは「嘘に決まっている。降りよう」と私を促した。私はまだ助手席に座っている善良そうな老人が嘘をついているとは思えず、半信半疑で降りたのだが、別れ際にその老人が「Then, leave your baggage here！（それじゃ、荷物だけでも置いていけ！）」と、悪徳商人のような顔で言った時、それは確信と軽蔑へと変わった。

それから雨でぬかるんだ道を2人で暫く歩いたが、堪り兼ねて、また別のリキシャーを拾った。今度のドライバーは、働き盛りの、髭を生やした、がっしりとした体格のよい男だった。コイツの場合は、走り出して10メートルも行かないうちに車を止め、物凄い形相で「Pay double, or I don't go any farther.（2倍払わないとこれ以上行かない）」と言ってきた。さすがの内藤さんも今度ばかりは呆気に取られ、ただオドオドするばかりだった。と、突然、「You said！（10ルピーで行くって言っただろ！）」と言葉が自然に出た。これにはさすがの髭の男も驚いた様子で、それ以上何も言わなかった。私が生まれて初めて、英語で啖呵を切った瞬間だった。

私たちは再びリキシャーを捨て、ぬかるんだ道を歩き出した。暫く歩くと、傍らに売店を見つけたので、しばらくそこで休憩することにした。ラムネを買い、椅子に座り、扇風機に当たって休んだ。しばらくして、その店の主人が、「Have you decided on a hotel yet?（ホテルはもう決まっているのか？）」と聞いてきた。またか。もう騙されないぞ、と思いながらも話を聞いてみると、「In Banarasi, "Kumiko's House" is famous, but "Ganghar Fuji" is cheaper and cleaner. Most Japanese stay there. If you want, he will take you there.（バラナシでは『Kumiko's House』も有名だが、『Ganghar Fuji』のほうが安くて清潔だ。日本人客は大抵そこに泊まる。何ならコイツが案内する）」と、傍らにいた老人を紹介した。「Fuji（富士）」という名前が、いかにも日本人観光客目当てで、いかがわしく思えたが、しばらく考えた後、私たちは彼を信用することにした。店をやっているのだから、評判を下げるようなことはしないだろうと。それに私たちは、二等寝台とリキシャーの一件で疲れ果てていて、これから自分たちの足でホテルを探す気にはとてもなれなかった。これから先、何回騙されるか分からなかった。ラムネを飲み干すとリュックを背負い、どこへと続くとも分からない迷宮のような旧市街の狭い上り坂をその老人に付いて歩いた。それからしばらくして私たちは、ある古びた白い洋館の前に着いた。

中に入ってみると、ガンガー・フジは思ったよりもきれいなところだった。決して広いとは言えないが、ロビーには品の良いソファーが置かれ、天井からは豪華なシャンデリアが下がり、同じく天井に付けられたファンからは心地よい風が送られていた。部屋へと案内してもらうと、冷房はないものの、ロビー同様、天井に大きなファンが付けてあり、スイッチを入れると、気持ちのよい風が降りてきた。シーツも綺麗で、ちょっとした椅子と机もあった。また、部屋を出るとき、主人の母親と思われる人が洗濯をしており、愛想よく挨拶をしてきた。そこは家族経営のホテルのようだった。

ガンガー・フジには日本人だけでなく、外国人も多く滞在していた。その夜はロビーで情報交換会となり、英語が話せる人間は英語で話した。あるフランス人一行は、片言の英語しか話せない私を見て、内藤さんに、「Is he a university student?（彼は本当に大学生なのか？）」と聞いていた。私はムッとしたが、内藤さんが、「日本の英語教育は読み書きが主で、聞く話すはほとんどやっていないのが現状だ。英会話の勉強は大学から始まるんだ」と説明してくれた。そのフランス人たちは他にも色々と話しかけてきたが、内藤さんは一つ一つにきちんと流暢な英語で応えていた。帰国子女とはいえ、実に見事だった。この時の羨望と悔しさが、私の今の語学学習熱に繋がっているのだろう。

翌朝、宿の主人が経営するレストランで食事を取った。冷房の効いた、なかなか洒落たところだった。食事をしながら宿の「住人」たちと会話をはずませていると、ふと現地の少年がやってきて、「Give me money!」と言ってきた。私は、「安易な寄付行為は慎んだほうが良いよ。彼らの勤労意欲を削ぐだけだから」とアドバイスを受けていたので、丁寧に断ると、少年は、「That man said!（だって、あのおじちゃんがくれるって言ったよ）」と、向かいのテーブルの白人男性を指差した。その男はニヤリと笑った。当時、日本人は、「武器を持たない、歩く身代金」と言われ、身代金目的の日本人誘拐事件が各地で続発していた。私は、その白人の日本人蔑視的な態度が我慢ならず、その少年に、「"He" will give some money to you.」と微笑みながら言った。その少年はまたその白人のところに戻り、金をせがんだ。そしてその男がひどく狼狽するのが見えた。

外へ出ると、皆とは別行動をとることにした。私は大通りへ出て、とある雑貨店に入ったが、特に買いたいものがあるわけでもなく、すぐに外へ出た。それから何をするともなく、ぬかるんだ通りを歩いていると、「こんにちは！」と突然、後ろから日本語で声を掛けられた。振り向くと、真夏なのに長袖に長ズボンで鼻ひげを生やし褐色の肌をしたインド人の少年が立っていた。中学生ぐらいに見えた。明らかに怪しかったので、歩きながら彼の質問に適当に答えていると、「私はインドで有名なクミコを３人知っています。１人は後藤久美子、もう1人は秋吉久美子、そして3人目はKumiko's HouseのKumiko」。思わず笑ってしまった。その頃興味を持っていた、欧米で「Ice Break」と呼ばれる、初対面でのジョークを使えるこの少年に少し興味が湧いた。暇を持て余していたこともあり、現地の事情を日本語で直接土地の人から聞いてみたいという好奇心もあり、しばらく彼との会話に付き合うことにした。

その少年は、実はバラナシ大学の医学生で、学費を稼ぐためにガイドの仕事をしているということだった。彼の日本語能力はあまりにも素晴らしく、それだけで信頼し、しばらく付き合ってみることにした。いろいろな所へと連れて行ってもらった。

まずは学校。授業中だったが、お邪魔させてもらった。20人くらいの少人数のクラスで、土間に絨毯を敷いて座っているだけの簡素な学校だった。テレビで見たことはあったが、実際にそういう学校を直に見るのは初めてだった。自己紹介をして、簡単なやりとりをした。「What do you want to become?（将来何になりたいのか？）」と聞いてみたところ、「A lawyer！（弁護士！）」「A teacher！（学校の先生！）」といった、しっかりしたものが返ってきた。授業中に積極的な生徒はだいたい成績優秀なので、たまたまそういう真面目な答えになっただけかもしれないが、明らかにその教室には真摯に勉強するという雰囲気があった。何か懐かしいものを感じた。

　それからしばらくして、礼を言い外へ出た。気分が良かった。それから校門へ向かって歩いていると、1人の男が寄ってきた。それは、「寄付」の話だった。

　次に織物屋。絹織物の店だった。店員の雰囲気もよく、中には白色のインド人もいて、少し見ていくことにした。中に上がると、お茶が出たあと、奥から次々と織物が持ってこられ、目の前でどんどん広げてくれた。その中から特に気に入った織物を選んで値段を聞いた。「1万5千円」。一瞬安いと思った。日本で買うと0があと1つは付くだろう品物だった。それを1万円に値切って即決した。店を出た後でガイド少年が、「実は、あなたはあそこで一番いい織物を買いましたよ」と言ってくれた。その織物は、青と金との絶妙な色合いが見事な錦を織り成していて、どちらかというとペルシャ（イラン）を連想させる異国情緒があった。ガイド少年から、何に使うのか、と聞かれたので、「タオルケットにでも使う」と答えると、彼は目を丸くしていた。

　次にガイド少年は私を観光客のいない、ガンジス河の船着場に案内し、舟に乗せてくれた。船頭は小学生ぐらいの子どもだった。「働いて家計を助けている」とのことだった。

また、ガイド少年によると、①ガンジス河岸には火葬場が2つあり、1つは薪で、もう1

つはガスで燃やし、薪の方が料金が高い、②インド中から次々に遺体が送られてくるので、ガスの方は24時間フル稼働、③死ぬ前にバラナシに来て余生を送る人が多い、④遺灰は河に撒かれる、⑤病人、赤ん坊、妊婦、僧侶、それに動物などの遺体は焼かれず、そのまま河に流されるとのことだった。そしてこの最後の話を聞いて私は、絶対に沐浴をしないことに決めた。

薪の火葬場をガンジス河側から見せてもらったが、作業員が慣れた手つきで、遺体を棒で突いたり裏返したりしているのが、単にバーベキューでもしているようで妙にリアルだった。恐らくそれは、生まれて初めて見る光景だった。そして、その火葬場は誰でも簡単に見ることができ、すぐ近くの建物の最上階にいる子どもたちが、火葬場にいる観光客に英語で声をかけて、手を振っていた。その光景は「死というものは当たり前で、日々の生活と共にある」、という感じだった。

私は中学生までに祖父母は全員他界していたので（両親の結婚が遅かったのもあるが）、私も死に対して何の違和感もなかった。生まれた頃には父方の祖父は他界しており、3歳の頃に母方の祖父が亡くなったのだが、故人の死を悼む人々の姿を見て、幼いながらも、「人とはそういうものなのだろう」と死を違和感なく現実として受け入れることができていた。そして時には、仰向けに寝て、自分が死ぬ寸前をイメージしたりしていた。

また出国前、私は哲学のレポートで「脳死」を取り上げていた。中学3年の時、自宅で半年間寝たきりだった父方の祖母が、喉に物を詰まらせたものの、心臓発作との医師の誤診で植物状態になり、家族総出で半年間看病し、そして大晦日の晩に亡くなった。親族間では誤診や看病をめぐり色々ともめ事が多かったが、何とか家族で乗り切った。もしかしたら祖母は、その一部始終を聞いていたのかもしれないと思うと切ないが、祖母は意識がなくなる前、両親、特に母に対して感謝の言葉を述べていた。一方、母方の祖母は、私が中学1年の時に、脳溢血(のういっけつ)で倒れ、数日で他界していた。本人の生前の希望を尊重し、生命維持装置は付けなかった。私はなぜかこの祖母が倒れる直前に会っていた。中学校の入学式前日に制服姿を見せに一人で遊びに行ったのだが、いつまでも手を振る祖母の姿が印象的だった。

この明治生まれの敬虔な祖母たち2人の死は、あまりにも対照的ではあったが、幼心ながらも自分は後者の死に方を選ぼうと思っていた。


船着場に戻ると、少し日が落ちかけていた。もう宿に帰ろうと思っていると、ガイド少年が、「最後にサイババの兄『ニラババ』に会ってみませんか？」と誘ってきた。学校と火葬場への案内に満足していた私は、これも経験と、会ってみることにした。それから、途中で置いていかれたら宿へはまず帰れないであろう、迷路のような旧市街のさらに裏路地を彼の後に付いて行った。途中、牛小屋の前を通ったりした。しばらくして、ある古びた建物に案内された。その頃にはもうすっかり日は暮れていた。

その建物は、電灯の薄明かりの中に香がたち込める荘厳な雰囲気のある場所だった。案内されるまま靴を脱ぎ部屋へ上がると、薄暗い部屋の奥に横寝から大儀そうに起き上がる1人の男がいた。「ニラババ」だった。それからしばらく簡単な会話をした後、2冊のノートを見せられた。

その2冊のノートには何と、あの俳優の緒方拳とそのマネージャーが感想を書き残していた。緒方拳は「ガンジス河の滔々とした流れを見ていると、世の中の奥深さを知るとともに人生の儚さを感じざるを得ない…」といったことを書き残していた。さすが俳優「緒方拳」だった。一方、マネージャーは、「こいつは絶対ペテンだ。仰々しい態度しやがって。俺は絶対こんな奴信じないぞ」といったことを書いていた。当初その非礼さに反感を覚えたが、自分のインドでのそれまでの経験を考えると、少し我に返ることができた。

「人を簡単に信用してはいけない」。これは世界で生きていくうえで重要なことと理解するまでになっていた。しかしながら彼らを見ると、私がその感想文を読んで心から感動しているとでも思っていたのだろう、実に得意げな顔をしていた。それは漫画のような光景で、実におかしくて噴き出しそうになったが、私は何とかその笑いを堪えることができた。

それから、本名、生年月日、出生地、職業を聞かれ、ニラババの「占い」が始まった。しばらく瞑想した後、ニラババはゆっくりと語り始めた。ガイド少年が通訳をしてくれたが、その頃にはだいたい聞き取れるようになっていた。「あなたは9歳の頃、人生が変わりませんでしたか？　そして15歳の頃、また人生が変わる何か大きな出来事がありませんでしたか？」しばらく考えて、思い当たる節があったので肯いた。「そうでしょう。では次に未来の話をします」と言って、再び瞑想し始めた。そしてしばらくして目を開け、語り始めた。「あなたは35歳で大金持ちになります。ものすごい大金持ちです。そして社会のために尽くします。恵まれない子どもたちを引き取り、育てます。そして50歳になった時、こうしてまた世界を旅して回ります。85歳まで生きます」。そして彼は何かを見終わり、その感想を述べるかのように最後にこう言った。「A good life.（素晴らしい人生です）」。それを聞いて、私は素直に感動し、こう答えた。「実は、私もそういうふうに生きてみたかったのです。そういうふうになると本当にいいですね……」。その場に心地よい雰囲気が訪れた。

それからしばらくして、ニラババが言った。「ところで、私は多くの孤児を引き取って育てています。もしよろしければ、その子たちのためにいくらか寄付をしていただけませんか？　今回の御代の代わりです。いくらでも構いません」とニラババは言った。私は快く引き受けた。とても気分が良かったのだ。ニラババが孤児の面倒を見ているのは本当かもしれないし、万が一これが嘘だとしても、占い料を払ったと思えばよかった。財布を確認すると日本円しかなく、断りを入れ、3千円を机の上に置いた。当時1万円はインドの平均月収だったが、そんなことはすっかり忘れていて、ついつい日本の感覚で出してしまった。また日本円が通貨として受け入れられたことが日本人として誇らしかったのかもしれない。

それから、バラナシ最大の寺院へ行ったあと、ガンガー・フジの前まで送ってもらい、翌日また会う約束をして別れた。宿に帰ると、内藤さんが心配してロビーで待っていてくれた。いきさつを話し、ニラババの話をすると、その場にいた宿の主人が言った。「あいつはペテンだよ。いっつも酒を飲んでは寝てばかりいる」。バラナシもまた「インド」

だった。

その夜のロビーには意外にも日本人が多かった。中には、１年以上もその宿で「暮らしている」、色白で目鼻立ちのはっきりした、スタイルのよい美しい娘もいた。しかし宿の主人曰く、「彼女はいつも酒を飲んでは寝てばかりいる。しかもパンツ丸見えだよ」ということだった。彼女はその日、内藤さんのパソコンを勝手に触って故障させてしまっていて、その夜、彼は部屋の机の電気をつけて遅くまで修理をしていた。

「自分探し」。当時の流行語だった。時代は世紀末で、１９９９年7月の人類滅亡を予言したノストラダムスの大予言まであと2年だった。私たちが中学生の時にベルリンの壁が崩壊し、バブルが弾け、高校生の時には阪神・淡路大震災と地下鉄サリン事件が起きていた。

そんな社会背景を反映してか、世間には大学を数年間休学してまで、世界中を旅して回る学生が少なからずいた。インターネットで旅行記を発信し、中にはそれを出版する者までいた。しかし、私にはどうも違和感があった。当たるかどうか分からない予言を信じて、もし外れたらどうなるのだろうか。私は、結果がどうなろうと、それまでただ一生懸命生きるだけと決めていた。また、確かに世界を旅して回ると世界観や視野は広くなるだろうが、ただそれだけでは決してまともに生きていくことはできないのだ。日本という恵まれた環境で、アルバイトをして稼いだお金で途上国を旅しても、旅が終わり帰国したら、また同様の生活が待っている。母国できちんとした生活をしていきたければ、どこかでまともにお金を稼がなくてはならないし、そのためには努力して何かしらの技術を身に付けなければならない。

宮本武蔵は、剣の道を通して、己を磨きながら自分を探した。そこには「努力」があり、身に付ける「技術」があった。ただ外国を見聞して回るだけでは、残念ながら「技術」は身に付かない。先ほどの彼女に何があったのかは知らないが、「自分探し」とは、非常に魅惑的で危険な言葉だと思う。

同じ夜、「次の朝、またガイド少年と会う約束をしている」と、内藤さんと宿の主人に話すと、「やめておいた方がよい」との助言を受けた。その夜、パソコンを修理する内藤さんの姿を見ながら、ベッドに横になり、しばらく行くかどうか考えた。

翌朝起きて身支度をし、しばらく考えて、結局、会いに行くことに決めた。約束は約束だったし、まだガイド料を払っていなかったのだった。少し遅れて約束の喫茶店へ行き、しばらく世間話をした。そして金の話になった。彼は「気持ちでいいです」と言ってくれたが、日本のガイド料とインドの物価、そして感謝と寄付の意味を込めて、相応額をトラベラーズチェックで支払った。正直、彼のガイドには満足していた。まさか、現地の学校で自己紹介なんて、希望はあったが、当初の計画にはなかったことだった。確かに、彼がバラナシ大学の医学生で、学費を自分で稼ぎ、家族へ仕送りしていることの真偽は分かりようがなかったが、実際に、半日にわたってガイドをし、私を満足させてくれたことには変わりなかった。別れ際、彼は「あなたならきっと夢を叶えられると思います」と言ってくれた。別れた後、施しをした満足感に浸りつつ、時折湧いてくる、ちょっと払いすぎたかなという後悔の気持ちと、やっぱり自分も日本人だなという自虐的な気持ちを、その都度、「寄付をしたんだ」という大義で打ち消しながら、再びバラナシ市街へ向かった。

それからは大変だった。黄金の屋根で有名なヴィシュワナート寺院に行く途中、ある雑居ビルの前で「おい、ここの3階からは寺の屋根を見られるぞ」と数人の男たちに声を掛けられた。よく見ると、含み笑いをしていて、何となく不気味だったので、適当に断ってその場を通り過ぎた。寺院に入ると、親切そうな初老の僧侶が付きっ切りで中を案内してくれた。「さすが僧侶。外の男たちと違って親切だな」と感心し、案内されるままにしていたのだが、なんと、行く先々の仏像の前でお祈りを強要され、その都度、法外な寄付を求められた。その1回の額は、宿1日分の宿泊料（安宿であったが）と同じだった。しかし私は、理不尽さを覚えながらも、相手が「僧侶」であり、寺院が「聖なる場所」ということで、渋々言われるままに支払った。

旧市街では時々、一人で歩く欧米人観光客を見かけた。宿で知り合ったフランス人一行は、「僕らは決して一人では海外旅行には行かない」と言っていたが、欧米人も少なからずいた。とある食堂でも見かけたが、そういう人はたいてい本を何冊か持ち歩いていて、食事後、黙々と読み始める傾向がある。普段の生活でもそうしていて、きっと一人でいるのが好きなのだろう。

もちろん日本人も見かけた。ある民族楽器店で楽器のリズムに合わせて手を叩いている日本人女性と出会った。30代前半ぐらいの、小柄で日に焼けているが素肌のキレイな人だった。声を掛けて話をしてみると、「ここ数年間、世界を旅している。そしてこれからどこに行くかはまだ決めていない」ということだった。彼女は自分とは全く別次元の存在のようだった。私には「日常」があった。学校、部活動があり、そして鉄道会社でのアルバイトがあった。故郷の家族もあった。そういう制約の中で、大学の夏休みのある時期に、1週間だけ時間を作って、やっと海外へ来ていたのだった。そして日本が先の戦争の件で世界中からバッシングを受ける中で、外国というものはどんなもので、日本とは、日本人とは何なのかが多少でも分かれば良かった。だから、海外旅行という「非日常」に完全に身を投げられる、イザベラ・バードのような人に感服を覚えた。「もしかすると、こういう人が歴史に残る冒険家や作家になるのではないか」とまで思った。しかしそれでいて、ある種の懸念も感じた。「この人は、この後どうやって生きていくのだろうか」と。

この時、旅行初日に出会った中田さんの言葉を思い出した。「何年も世界中を旅して回っているような放浪者(バガボンド)は変わったのが多いから気をつけた方がいいよ」。当初は、非日常に飛び込む勇気のない人間の羨望(せんぼう)とも受け取れる言葉に聞こえたが、海外旅行の経験豊富な人だけに含蓄のある言葉でもあった。世界を旅して自分を探しているうちに、結局、何も見つからず、何にもなれずに終わってしまう人が世の中には少なからずいるということだろう。

最近分かってきたが、人生の目的を見つけるには、結局のところ、「内観」しかないのではないだろうか。旅はあくまでも、そのきっかけであり、経験の一つに過ぎない。やはり最後は、「自分は小さい頃何になりたかったのか、今までどんなことをしてきたか、今、何ができるか、これから何がしたいのか」といったことを考えてみるしかないのではないだろうか。読書も一つのきっかけになるだろう。そうすると自ずと生きる目的は見つかるのではないだろうか。何でもよいだろう。たとえそれで食べていけなくても、別に職を得ながら、趣味として何かしらその目的に関わることはできるはずだ。有名なカウンセラーによると、生きる目的、あるいは、生まれてきた目的は、何も有名になること、金持ちになることだけではないようだ。自分の欠点を直すことも一つの目的なのだそうだ。そして、自殺してしまっては目的を遂げることができず、つらい状態が続くようだ。人生の目的は、意外に、身近にあるものなのかもしれない。

それからまた旧市街を歩いて回った。しばらくして、ある女性たちの集団に出くわした。彼女たちは、決して豪華ではないのだが、清潔そうで色鮮やかなサリー（民族衣装）を身にまとい、アクセサリーを身に付け、きれいに着飾っていた。そう言えば、バラナシの女性たちはそれぞれ小綺麗に着飾っていた。それはとても新鮮なことだった。当時の日本にはすでに失われてしまった美徳が、この街ではまだ残っている気がした。さすがガンジス河の聖なる都であった。この時私は、残りの滞在期間の全てをこのバラナシで過ごすことに決めた。

宿に帰ると、内藤さんが翌日、バラナシをたつことになっていた。「インド中を回りたいので、飛行機を使う」とのことだった。「飛行機」と聞いて、正直、驚いた。自分にはそんな金はなかったし、第一、飛行機でインド中をあちこち飛び回って、目ぼしい観光名所をかいつまんで見て回ることに私は否定的だった。それは単なる「観光」でしかない。私にとって旅とは、その土地の人々と出会い、話し、様々なことと比較しながら自分や日本、ひいてはこの世の中について知ることだった。そのためには気に入った土地に長く留まって友人をつくる必要があった。

帰国後、内藤さんから留守電が数回入っていたが、疲れていたこともあって、すぐには連絡を取る気にはなれなかった。しばらくして部活の強化練が始まり、すっかり連絡を取るのを忘れていた。そして、結局、余りにも時間が経ちすぎていて、憚られて連絡ができなくなってしまった。それからしばらく経った2学期のある日、大学の前を自転車で通りかかった時、彼らしき人が甲州街道沿いのガードレールに腰掛けているのを見かけた。授業前で急いでいたこともあり、そのままそこを通り過ぎた。今思えば、あの時少しでも止まって、声を掛けていればよかったが、今頃彼はきっと、外資系企業で華々しく活躍していることだろう。

内藤さんが、宿をたってからは、2人部屋は私の個室となった。料金は1人分で寝泊まりできたのだから、申し分なかった。内藤さんが使っていた机も、もちろん、私の机となった。8月中旬のバラナシは、季節的には雨季が終わったばかりで、からっとした暑さで、風があれば日陰は涼しく、非常に過ごしやすい季節だった。ガイド少年曰く、「一番良い時に来ましたね」ということだった。1人になってからはしばらく、旧市街の喫茶店で本を読んだり、ガンジス河の船着場に行っては人々でにぎわう様を見物した。すっかりバラナシの住人になっていた。時々、世界地図を頭に浮かべて、自分がいる位置を想像してみると、非常に愉快だった。あのユーラシア大陸の東端の小島にしかいたことのない自分が、大陸南部の河辺の小さな町に今いるのだった。

それからしばらく経ったある日、宿に戻ると、眼鏡を掛けた30代ぐらいの日本人男性が宿を求めてやって来ていた。宿の主人曰く、「2人部屋が良いそうだ。残念ながら君が泊まっている部屋しか空いていないのだが…」ということだった。それを聞いて少し訝しく思った。普通、1人で来たら1人部屋を望むものだが、彼の場合は、2人部屋が良いということだった。何だか怪しく思って理由を尋ねてみると、関西訛りで、「そっちの方が安いから」だった。単純な理由に私は少し呆気に取られ、それから2人で笑った。名前は長谷部さんと言い、銀行員をしているとのことで眼鏡を掛けているが、体格がよくて親しみやすそうな人だった。私は、占有物にしていた部屋を他人に明け渡すのは非常に残念だったが、元々は2人部屋であること、相手が悪い人ではなさそうということを考えて、承諾した。今思うと、この人との出会いによって、私のインド旅行の後半も、前半同様、非常に有意義なものとなった。やはり1人旅の醍醐味は不思議なご縁、人との出会いにあるとつくづく思う。

その夜、「明朝、ガンジス河に日の出を見に行こう」ということになった。長谷部さんは、駅で出会った日本人女性とそう約束しているらしく、私を誘ってくれたのだった。

明朝、目覚ましの音で起きると、辺りはまだ真っ暗だった。長谷部さんはすでに起きていた。身支度をして宿を出て、まだ真っ暗な道をしばらく歩いた。それから長谷部さんが駅で出会ったという女性を宿まで迎えに行き、合流後、ガンジス河へと向かった。彼女は、「私、逗子に住んでいるの」ということだった。体格のよい、30代半ばぐらいの人で、笠さんと言った。当時は、関東のことはよく知らなかったので、その時の印象としては、「この人は田舎に住んでいる人なんだ」としか映らず、それ以上聞くのを遠慮した。しかし逗子とは、電車一本で東京まで行ける、あの石原慎太郎も住む、お金持ちたちのリゾート兼居住地であることをそれから数年後になって知った。

途中、日中どこにいたのか、5、6匹の野犬が侵入者を威嚇するかのように、激しく吠えたてて道を塞いできた。間違って犬の檻にでも入ったかのようだった。暗闇の中でもあり、さすがに一瞬怯んだが、1ヵ月かけて、狂犬病を含む、数種類の予防接種を受けてきていた私が先に行くことにした。「決して慌てず、怯まず、逃げ出さず」。小さい頃に学んだ野犬対策のコツだった。当時はよく、早朝、保健所の職員による野犬狩りが行われていて、早起きソフトボールの練習中に、遠くで野犬の悲鳴が聞こえたものだった。

それから、ある建物の裏手の砂利道を通ったが、暗闇の中に薄っすらと、何人かの女性が屈んで何かをしているのが見えた。よく見てみると、彼女たちは何とそこで、用を足しているのだった。ガイドブックにあった「インドの貧困層は、自宅にトイレがないので外で用を足す」という案内をとっさに思い出したのだが、その最中の砂利道を爪先立ちで通り抜ける際の足先の感覚は、何とも言い表せない奇妙なものだった。

ガンジス河の船着場は、早朝でも人で賑わっていた。暗闇の中、篝火があちこちで焚かれ、辺りはちょっとしたお祭りのようだった。中にはもう沐浴をしている人々さえいた。聖都バラナシの朝は予想以上に早かった。

ガンジス河の面白いところは、沐浴する老人もいれば、河岸で白い法衣に身を包んで瞑想する少年もおり、河の水で食器を洗っている中年の婦人もいることだった。ガンジス河は、「人それぞれの生活とともにある」ともいうべき、包容力のある大きな河だった。

そんな賑わいの中、舟に乗ってみることになった。長谷部さんが交渉し、気の良さそうな褐色で筋肉質の男の舟に乗ることにした。その舟は、8人乗りぐらいの小さな手漕ぎボートで、乗る時にはかなり揺れた。雨季が終わったばかりのガンジス河は、水量は多く、流れも速く、「落ちたら、流されて溺れるな」と思うほどだった。気を引き締めてしばらく舟に揺られていると、向こう岸の彼方がだんだんと明るくなり始め、サバンナの広がる地平線上に、真っ赤な太陽が浮かび始めた。それは「ここはアフリカか？」と思わせるような、大きな大きな、線香花火の火の玉のような真っ赤な太陽だった。そして、自分が地球という惑星の上に存在することが実感させられるほど、それはそれは雄大で迫力のある光景だった。

それからガンジス河の向こう岸の砂浜を歩いてみることになった。舟から降りて旧市街を振り返って見てみると、立ち並ぶ煉瓦で出来た建物が朝日を浴びて、壮麗な光景が広がっていた。日頃、ガラス張りの高層ビルや古びたコンクリートの雑居ビル、そしてど派手なネオンの立ち並ぶ新宿駅東口界隈で生活している自分からすると、その光景はそのままいつまでも眺めていたいほど、刹那的で実に見事だった。

ホテルに戻ると、また一人で散歩に出かけた。特に行くところもなかったので、釈迦の生誕地、サルナートにでも行こうと、リキシャー乗り場へと向かった。そこでいつものように「競り」が始まった。「駅まで行きたいんだ」と言うと、早々と「俺は10ルピーで行くぞ！」と言う男がいたが、その時、近くにいた小学校低学年くらいの子どもが「そいつは嘘つきだ！」と叫んだ。しかし、子どもの言うことなので特に気にも留めず、私は一番安い値を言ったその男のリキシャーに乗った。すると50メートルも行かないうちに、停車して、「あと20ルピー払わないと、これ以上行かねえ」と言い出した。しかし、すっかりインドに慣れて図太くなっていた私は、「Are you OK?」と言い、さっさと降りて元の場所に引き返した。それからまた競りをしようとすると、先ほどの子どもがまた出てきて、「言ったじゃないか。僕なら15ルピーで行く」と言ってきた。「君も運転するのか?」と聞くと、得意げに「Come with me!」と言い、私を連れてスタスタ歩き始めた。

半信半疑で少年の後に付いて行くと、そこには確かにリキシャーがあった。そして助手席にはもう1人の少年が座っていた。私が乗り込むのを確認すると、少年はアクセルを吹かし、「Let's go!」と、勢いよく発進した。それからすぐに、間違っていたのは自分であったことに気づかされた。それはまさに「大人顔負け」の運転だった。少年は、「リキシャーのサーキット」の中で隣のリキシャーとぶつかりそうになると、大人相手に見事に啖呵を切っては、先へ先へと進んでいくのだった。

途中、ガソリンスタンドに寄った。そこには町の不良少年たちがたむろしていた。彼らのボス格と思われる青年がにやにやしながら私に、「Are you Japanese?」と聞いてきた。しかしすぐに、「いや、韓国人だ。日本人もなかなか良いやつらだけどな」と答えた。「宿の住人たち」から「日本人であることを隠した方がいい。とりあえず韓国人と言っておくと、徴兵制もある国だからなめられなくていい。でも、中国人とは言わないほうが良い。国境問題があるからね」と聞いていたからだった。彼らは私が韓国人と聞いて、態度は一変した。国籍によって、こうも態度が変わるものかと思わされる出来事だった。

給油を終えて走り出すと、運転手の少年が、「あなたは嘘つきだ。日本人だと言ったじゃないか」と言って少しブスくれていた。私はすぐに自分が日本人であることを告げ、その証拠に日本語で話してみた。そして、韓国人だと嘘をついた理由も話した。すると彼らは、「大変だね、日本人が海外を旅行するのも」と言って微笑んだ。

当時の日本人は「歩く身代金」と言われていたことは前述したが、日本人を狙った誘拐事件が中央アジアやペルーなど、世界で多発していた。ダッカ事件を機に世界中から「日本人はすぐに身代金を払う」と思われていたようである。

それからしばらく行き、駅に着いた。料金は少し多めに払った。気分が良かったのだ。「15ルピーでいい」と言ってくれたが、「Because you are a good driver.」と言って降りた。それからサルナート行きのバスに乗ろうとしたが、どこから乗って良いのかよく分からず、また駅前のリキシャー運転手の柄が非常に悪かったので、結局行くのをやめにした。

今思えば、ジョン・ナッシュのノーベル経済学賞受賞スピーチやイギリスのロックバンド、クイーンのフレディ・マーキュリーで有名となった拝火教の聖地にも行っておけばよかった。インドと日本は宗教的・精神的な地下水脈で繋がっているようである。

その夜、何となくバラナシを離れようと思った。出国の日が近くなっていたし、もう1週間近く滞在していて、「非日常」が「日常」となりつつあった。特に何があるというわけでもなく、毎日、食事をしては本を読み、散歩して宿に戻るという生活になっていた。そして出発地のカルカッタという大都市にも興味が湧いていた。マザー・テレサにも会ってみたかった。そのことを長谷部さんに話すと、彼も一緒に行くということだった。

別れの朝、宿の主人は「君はインドでたくさん騙されたね。気の毒に思うよ」と言ってくれたが、私は「ありがとうございます。でも、良い人たちにも会えて、とても気分がいいですよ」とお礼を言った。宿の主人は、「最後に、わしは日本人である君たちにお礼を言っておきたい。日本人が命を懸けて戦ってくれたおかげで、インドは独立できたんだよ。本当にありがとう」。その場には、仲良くなった、宿の主人の一人息子もいた。まだ小学校低学年だった。私たちは2人と固い握手を交わした。そしてそれから、他の宿の人たちにもお礼を言った。目鼻立ちの綺麗な例の娘は、いつものようにまだ起きていなかった。

それから、しばらく時間があったので、最後にもう一度、旧市街を散策した。長谷部さんとは行動を別にした。電車の出発予定時刻は14時だったが、彼によれば「16時」ということだった。「インドでは少なくとも2時間は電車が遅れるから」ということだった。それから彼は、「何人かの友人に現地から手紙を出さなあかん」ということでガンジス河のほとりに行ってしまった。それから私は、バラナシで一番美味しいと思う、喫茶店でチャイを頼み、しばらく時間を潰すと、念のため、14時前には駅へ行き、駅舎の中で本を読んで電車を待った。

長谷部さんが言った通り、電車はなかなか来なかった。15時になっても来なかった。15時半になって、ようやく長谷部さんが現れた。彼は特に何も言わなかった。さすが、デリーから入って電車でガンジス河沿いに下ってきた人は違うなと思った。この時、カルカッタ初日に会った、ジャングルから出てきたばかりのような髭の男性の言っていたことを思い出した。「カルカッタは観光に力を入れているため、客引きや浮浪者はそれほど見当たらないが、デリーは物凄いよ。空港から出るや否や、人の波が押し寄せ、リキシャーの客引きに遭い、大概の旅行客はここで滅入ってしまう」ということだった。私は帰国後、「自分もインドに行く」という高校時代からの友人の東大生にこう言った。「カルカッタから入ると徐々にインドに慣れていけるけど、デリーから入るといきなり『インド』に慣れて、それから徐々に日本に戻っていけるよ」。長谷部さんも、もうすっかりインドに慣れていた。

長谷部さんはとても旅慣れしていた。体格が良く、健康そのものなので、暇を見つけては1人で海外旅行をしているというのも納得がいった。彼曰く、「イタリアとスペインは面白かったで。街を歩いていると向こうから声を掛けてくるんや。そやけどインドはもっとすごいなあ」ということだった。「じゃあ、僕はいきなり凄いのに当たったということですか?」と聞くと、「大当たりや。よくこんな所を最初の海外旅行先に選んだもんやな。まだ19歳やろ? 君は変わっとるよ。ここに来れれば、どこにだって行けるし、下手するとどこに行っても詰まらんかもな。もうアマゾンの密林ぐらいしか行くとこないんちゃうか?」ということだった。私が「あとは宇宙ですかね?」と言うと、2人で腹を抱えて笑った。インドしか海外を知らない私には今ひとつピンと来なかったが、彼が私を褒めて言ってくれていることだけはよく分かった。

カルカッタ　Ⅱ

行きと違って、カルカッタまでは何事もなく着いた。朝の目覚めも良かった。一つ不思議なのは、私が車内でずっと蚊取り線香を焚いていても誰一人文句を言ってこなかったことだった。普通は、「煙たいから消せ」とか言ってきそうなものだが、インドではよく香を焚くので、においには慣れていたのかもしれないし、インド人がある意味で「寛容」だからなのかもしれない。

カルカッタに着くと、早速ホテルを探した。最後ぐらい良いホテルに泊まりたかったので、長谷部さんが「良いホテルを知っとるで」と、連れて行ってくれたのは、1日200ルピー（約600円）のこざっぱりした宿だった。部屋にトイレもシャワー室もあった。2人とも疲れていたので、早々とそこに決めた。そしてすぐ旅の疲れを取るためにベッドに横になったのだが、それからしばらくして、端のほうでねずみが小走りする音が聞こえた。

それから2日間は食事の時以外はほとんど部屋で横になっていた。特にこれといった症状はなかったのだが、腹を壊していたせいで、あまり栄養が摂れていなかったのだろう。横になりながら、日本は衛生的になり過ぎていて、日本人の免疫力が低下しているのだろうと思い、自分が日本人であることが情けなくなりかけたが、インドの不衛生さもあるから仕方ないと自分を励ましてもみた。それにしても昔の日本兵はよくもインパールの密林で戦ったものだ。

一方、長谷部さんはほとんど部屋にいることがなく、一日中どこかへ出かけていた。これが同じ日本人かと思った。ある晩、彼にその秘訣を聞いてみると、「これや」と言って、ガラス瓶を取り出して見せてくれた。そこには大きな梅干がごろごろと入っていて、私に1つくれた。

帰国の前夜、長谷部さんが「今日ぐらい、いいとこ食べ行こ。明日帰るんやし」と食事に誘ってくれた。私も随分と体調が回復していたので、快諾した。そのレストランは、「インドで中級クラス」ということだったが、インドの上級というと、タージマハールのような宮殿になるので、中級と言ってもかなりいいところであるらしかった。店に着いてみると、東京でいう、ちょっとしたシティホテルぐらいはあり、中は明かりを少し落とし、

ＢＧＭがかかり、絨毯はふかふかで内装には大理石を使っているようだった。また、客層がそれまでとは違っていた。男性はスーツ、女性は光り輝く高そうなサリーを着ていて、顔には余裕と気品があった。また料理も違った。カレーにはちゃんと肉の付いた鶏肉が入っており、日本のカレーのようにまろやかでコクがあった。また、それまでの店では「お好み焼きの皮」のようだった「ナン」も正式のものが置いてあり、バターの香りが香ばしく、焼き加減もちょうどよかった。まさに「最後の晩餐」に相応しい夜になりそうだった。

僕らは飲み物にビールを頼むことにした。明日帰るので、「主賓の君が決めていい」ということだった（座る席も上座だった）。しばらくメニューを見て、目に留まった「Black Label」というのにした。個人的に「黒」という色の持つ力強さと光沢が好きだったのだ。ウエイターが言うには、「インドで一番高級なビール」ということだった。出てきたのは、瓶はブラックで、ラベルと首の包み紙が金色の高級そうなビールだった。そしてシャンパンのように栓が抜かれ、そそがれる色は黄金色で、日本の一般的なビールであるピルスナーに近いが、あと味がどことなくフルーティーな、実に見事なものだった。

帰国後1年ほど経って、ある授業でのレポートのテーマに「世界のビール比較」を選んだ際に、本で調べて浅草のビール専門店までわざわざ足を運び、「Black Label」を注文し、今回の「19歳インド1人旅」を回想し、懐かしんだのを覚えている。

それからふと隣の席を見ると、控えめに着飾った色白で黒髪の上品な若いアジア人女性が、何人かのみすぼらしいインド人男性たちと楽しそうに食事をしていた。中にはまだあどけない少年もいた。私は彼女を日本人と思い、確認のため「日本の方ですか？」と尋ねてみると、素敵な笑顔で「No. I'm Chinese.」と答えた。そして、周りの男性たちは会社のスタッフで、いつもの労いに食事に招待したということだった。彼らは、どことなくぎこちなく、こういう所には生まれて初めて来た、というような様子だったが、とても喜んでいるように見えた。それを見て私は、その中国人女性に確かな好感を覚えた。

当時の日中関係は非常に悪く、日本政府は首脳会談のたびに「歴史の反省」を強いられていた。事実関係がよく分からないのに、毎回のように謝罪させられていると、「もういいじゃないか。何回謝ればいいのか？」といううんざりとした気分になったものだった。それでいながら確実に、贖罪意識から日本人であることが嫌になりかけていた。しかしながら私は、大学進学直前に、高校で世界史を教えていた母方の伯父から「南京事件は実は嘘なんだ。殺したのは便衣兵という民間人の格好をしたゲリラで、殺さないと殺されるんだ。俺たちは親父が国鉄にいたので、戦時中、華北にいたが、当時何事もなく無事に帰って来られたのは日本軍のおかげなんだ。彼らは本当に強く、規律正しかった。彼らがあんなことをするはずがないし、その証拠もあるんだ」と聞かされ、その時はただ、「大学に入ってから自分で調べてみる」とだけ答えていたが、大学入学後、国際政治史の勉強を通じて日本人像を少しずつつかみかけていた。「本当に日本人とはそんなに醜い民族なのだろうか?」と。日本人の作り出した文明は、主観的とはいえ、確かに美しいものがあった。日本刀に代表される、質実剛健で美しく繊細な文明を創造できる民族がそんなに醜いことをしたのだろうか?

しばらくして、そのビルの1階に降りた。なぜそこに行ったのかは今ではよく思い出せないが、1階はバーになっていて、いわゆる「酒場」だった。そこは2階のレストランとは雰囲気がガラッと変わって、薄暗く、ネクタイもしない男たちがワイワイ賑やかに飲んでおり、何となく物騒だった。そして、そのうちの2人から声を掛けられた。「Hey, Japanese. Give me a beer!」と。私は外国での喧嘩、特に酔っ払いとの喧嘩はできるだけ避けるように聞いていたので、こう言った。「僕は学生なんだ。そっちこそ奢ってよ！」彼らは爆笑して、本当に一杯奢ってくれた。

ほろ酔いでいい気分になり、リキシャーで帰路に着くと、途中、後ろから大声をあげて、数人の何者かが追いかけてきた。ストリートチルドレンだった。金をせがみながら、ボロキレをリキシャーの端に打ち付けてきた。戸惑いと狼狽でそのまま無視していると、リキシャーの主人が機転を利かせてスピードを上げてくれ、私たちは無事、その場を逃れることができた。しばらくして穏やかさを取り戻してから、何となく無常観に襲われた。高級レストランから出てくる日本人とインドのストリートチルドレン。その前者側に自分がいるのだった。

帰国の朝、気になってはいたが、何となく後回しになっていた「マザーハウス」に行くことにした。あまりにも有名な所には正直、関心が無かったのだ。そして起床と支度に時間がかかり、ホテルを出たのは昼過ぎだった。飛行機の時間が迫っていたので、ガイドブックの地図を頼りに近道を行った。もうすっかり野犬にも慣れており、可愛さまで感じられるほどだった。それから真夏の太陽の下、テレビで見たことのあるアフリカ辺りのスラム街のような通りを抜け、ちょっとした通りに出た。マザーハウスはもうすぐだった。少し歩くと、2人の子どもが突然寄ってきて「ねえ、ミルク買って！」と言ってきた。金ではなく、ミルクだった。私は昨晩のストリートチルドレンのこともあり、すぐに頷いた。すると2人はすぐ近くにある通り沿いの売店に私を引っ張って行った。2人はその店で一番大きい缶入りの粉ミルクを注文した。数ヵ月分はありそうだった。いくらするのか少し戸惑ったが、値段を聞いて正直驚いた。昨晩の食事代1人分よりははるかに安く、そんな食事を日頃東京で当たり前に食べている自分との貧富の差に愕然とした。

それからしばらく歩くとマザーハウスに着いた。意外にも、簡単に中に入ることができた。まるで自分の家にでも入るかのようだった。ガードマンなどいなかった。しばらくすると、近くにいたシスターが私に気づき、少し待つように言い、椅子を勧めてくれた。そこは吹き抜けになっており、2階からゆったりとカーブを描いて降りてくる階段は、明るさも相まって、品のいいヨーロッパ貴族の屋敷を思い起こさせた。そして奥からはオルガンの音と共に朗らかな歌声と笑い声が聞こえてきた。その光景に一瞬、私は打たれた。「ここは『インド』なのか」と。それは、たどり着くまでに見てきた外界とは全く違うものであり、いやむしろ、「生まれて初めて触れる空間」と呼ぶべき、まさにこの世の「楽園」のようだった。
　シスターたちは私が日本人であるのに気づいたのか、日本人のシスターを付けてくれた。素肌の綺麗な少し日に焼けた、健康的で感じのいい、まだ20代後半ぐらいの若い女性だった。つい先ほどまでさっきの歌声の中にいたかのような高揚感があった。ミサのことを聞くと、「先ほど終わりました」とのことだった。私は自分のルーズさを悔やみつつ、「少ないですけど」と言い、寄付金として財布に残っていたうちの3千円を手渡した。本当はもう少し渡したかったが、帰国後の交通費だけは残すことにした。そして最後に、どう伝えても他人事にしか聞こえないとは分かりながらも、自分なりに励ましとお礼の言葉を伝え、マザーハウスを後にした。「年ごろの女性が、途上国で他人のために尽くす」。自分にはとても真似のできないことだった。

　それから地下鉄の駅に着くまでに、ある中年の男からしつこく寄付を頼まれた。私は、自分が学生であること、インド各地でたくさん寄付をしてきたこと、それとたった今、「マザーハウス」で寄付をしてきたばかりであることを伝えると、男はそれまでの態度を一変させた。その男はすっかり感心していた。「マザーハウス」は、インドでは水戸黄門の印籠のようなものだった。

地下鉄の駅もすごかった。窓口で駅員に空港までの料金を聞くと、後ろに並んでいたビジネスマン風の男性がその駅員をたしなめた。何と駅員は私に通常の3倍の値段を言っていたのだった。東京のど真ん中の鉄道会社で駅員のアルバイトをしていた私からすると、これはまず日本ではあり得ないことであり、インドは公共交通機関である地下鉄でも「値段交渉」が必要な国のようだった。

それから飛行場の最寄りの駅まで行き、バスに乗り換えた。バスの中では、さすがに疲れていたので、椅子に座った。しかし、しばらくして、立っている男性から声を掛けられた。どうやら、「立っている女性に座らせてやれ」ということだった。私は自分の行為を恥じた。女性やお年寄りに対する気遣いは、当時の日本、特に東京ではすでに失われてしまっていたものだったが、自分よりも体力的に劣る者に対する気遣いは素晴らしいことであり、心の洗われる行為だった。また、堂々と私を注意することのできたその男性の勇気に感心を覚えた。

飛行機には無事間に合った。こちらはさすがに電車とは違って時間通りの離陸だった。

インドの列車の発着時刻の感覚に慣れてしまっていると、間違いなく乗り遅れていただろう。

離陸後しばらくして、隣の品の良さそうな日本人中年女性と会話をしていると、彼女はマザー・テレサのミサに参加した人であることが分かった。自分がミサに遅れてマザーに会えなかったことを話すと、その私を気遣ってか、ミサの時にスケッチした絵を見せてくれた。それは色鉛筆によるスケッチではあるが、実に見事な「写実」だった。マザーのサリーに合わせて背景に青色を入れることで、その強さを併せ持った、誠実な「愛」が伝わってくるようだった。マザーには実際に会えはしなかったが、それで十分だった。彼女には、「個展が開けますよ」とお礼を言った。

それから帰国後2週間も経たないうちに、マザーが亡くなった。高校時代からの友人である東大生は、「君、すごいな。マザーに最後に会った人間の一人だな」、なんて褒め言葉を言ってくれたが、「君、何かしただろう?」などと、私をゴルゴ13扱いして、からかいもした。ただ、マザーの活動の素晴らしさを十分に理解していたようではあった。確かに、マケドニアの裕福な家庭に生まれながらも、独立運動家だった父の死後、単身、アイルランドを経て渡印し、自分の健康も顧みずに慈善活動を始めたその勇気と行動力は、自分にはとても真似のできるものではなかった。

あれから20年経った今、何とか、「愛とは何か」が理解できるようになったような気がする。愛とは、何の見返りも求めずに、ただ相手のためだけを思って与えるものであり、それは、ただただ次から次へと心の奥から溢れてくるものであり、その源には決して癒やされることの無い深い悲しみとそれを多少でも癒やしてくれた人への感謝があるのではないだろうかと。

東京

成田に着くと、入国の際に知り合った女医さんが車椅子に乗って入管に並んでいた。同じ便で帰ってきたようだった。何かに「当たった」らしく、歩けないということだった。「医者の不養生ですね」と言って冷やかすと、恥ずかしそうな顔をしていた。それから残りわずかとなってしまったぎりぎりの所持金で、切符を買い、京成ライナーで上野まで行った。山手線に乗り換えるために駅を出ると、うだるような東京の暑さと上野公園の異臭、人混みに気分が悪くなった。疲れていたせいか、東京はインドよりも居心地が悪く感じられた。駅へと向かう私の足取りは次第に重くなり、まるで別の惑星へ来たかのようだった。

それから1週間、2度悪夢にうなされた。寝ていると、何も身に覚えのない美しい女性が抱きついてきて唇を求めてくるのだが、それが急にガイコツへと変わり、くっついて離れないのだった。そして何とか親指を相手の口に突っ込んで、必死になって巴投げのように蹴り上げながら脇へと投げ飛ばすと、真っ暗闇の中、汗だくで目を覚ました。翌日も同じことがあってからは、起きてすぐに部屋と、まだインド独特の香りが残るリュックサックとスポーツシューズ一式を塩で清め、私に付いてきた霊の成仏を祈った。そして、不思議なことに、それからは二度とその悪夢に魘(うな)されることはなかった。

しばらくして、部活動の強化練習が始まった。関西出身のスポーツ推薦の同期からは「海外帰りやな」と冷やかされたりした。自分からすると、「海外帰り」なんて洒落たものではなく、もっと汗臭く、土臭い「冒険」そのものだった。そのことを伝えると、「俺も行ってみようかな」と言ってくれた。そしていつものように、心地よい涼しい風が吹く、隅田川沿いを軽くランニングし、体育館前でダッシュをし、腕立て50回を含むサーキットを5セットした。大粒の汗が滝のように流れ出て、とても清々しかった。

第2章　1999年夏、台湾

東京

大学へと向かう東京の朝の慌ただしいラッシュアワーの中、最寄りの駅の売店で「親日国家、台湾」という、ある雑誌の見出しに、ある種の光明を覚えたのは、大学2年の秋晴れの日だった。当時日本は、中国、韓国、米国そしてイギリス、オランダなど、「第2のＡＢＣＤ包囲網」と言わんばかりに、世界中のあちこちから「戦争責任」に対する謝罪要求をしきりに求められており、バブル崩壊後の不況とノストラダムスの大予言も相まって、私を含めてほとんどの日本人は自分や日本に対し自虐的になり、将来に対して悲観的になっていた。年間自殺者が3万人にも達した、殺伐とした時代だった。

また、冷戦崩壊後の世界的な緊張緩和を受けて、世間では「グローバリゼーション」が大きく謳（うた）われていた。「地球市民」という言葉が流行ったのもこの時代だった。現在のヨーロッパを見れば失策は明らかだが、当時の大学教授の中には「多民族国家日本の構想」を謳う者まで出てきていた。そして、戦後からくすぶっていた平等教育が勢いを増し、ソビエト（現ロシア）建国初期にも行われたという、男女差を無くしていこうとするジェンダーフリー教育が一部の自治体では行われ、林間学校で男女を同じ部屋に泊めたり、学校のトイレを男女共通にしたりする異常な教育が行われ始めていた。そして親と子の差まで無くそうとする風潮が起き、それは主に漫画やドラマなどのメディアを通じて広められていた。そして、少年Aによる神戸連続児童殺傷事件が起きていた。

そんな時代に私は、大学入学以降、なぜか「先の戦争」についての本や雑誌を貪るように読んでいた。今思えば、そこに何か現代の問題を解くヒントがあると感じていたのかもしれない。

それまで「台湾」と聞けば、グアムやサイパンといった、ちょっとした「南の島のリゾート地」程度の認識しか無かったし、また知っていることと言えば、韓国と同じく日本の旧植民地ということだけだった。一度だけ、大学1年の夏、築地の寿司屋でのバイト帰りに当時流行っていたｇｌｏｂｅの「ＦＡＣＥ」を聴きながら最寄りの地下鉄の駅まで歩いていると、台湾人観光客３人組から道を聞かれたのだが、「We came in a boat.」というので、私はてっきり「小型ボートで来たボートピープル（不法移民か）か」と思ったことがあった（あとで辞書で調べてみると「ｂｏａｔ」は「客船」など一般の船にも使われることが分かった）。しかし今回の雑誌を通じて、台湾は教育のレベルが非常に高いこと、工業力があること、何よりも日本との歴史的な関わりが深いことなどがよく分かった。特に感銘を受けたのは、台湾は、対日感情が韓国と違って著しく親日的ということだった。当時の韓国では日の丸を燃やして踏みつけるなどの反日行為が連日行われ、正直、嫌気がさしていた。「韓国の反日、台湾の親日」。同じ旧植民地同士とはとても思えなかった。

さっそく大学の書店に行き、台湾のガイドブックを購入した。今回は、インドに行った時に持っていったものとは別の、もっと分かりやすいものを選んだ。為替レートや等級別に分けられたレストラン・ホテルの一覧が分かりやすく載っていた。軽く目を通し、旅行者向けではあるが、大まかに台湾という国の特徴――政治経済、歴史・文化、観光名所――をつかむと、それから留学生がよく集まる、大学の国際交流室に足を運び、台湾人を探してさまざまな質問をぶつけてみた。

しかし当時は、日中関係だけでなく台中関係も悪化している時期で、中国人がいる席での台湾人へのインタビューには非常に気を遣った。その場には台湾人よりも中国人の留学生のほうが圧倒的に多く（留学生の50％以上が中国人）、台湾人の彼らは日本でも肩身の狭い思いをしていた。そんな中、台湾の経済力の理由に「台風」を挙げる、やや日焼けした、角顔で短髪でボサボサ頭の男子学生がいた。「毎年、台風のシーズンになると、山間部の集落の家屋が吹き飛ばされて、その修理のために住宅建設の需要が生まれ、経済が活性化するんです」。少しあ然としたが、今思えば、それは彼なりのユーモアだったのかもしれない。

問題は渡航費用だった。当時は大学から始めた、プロ予備軍といえる名門体育会での部活動と、同じく始めたばかりの駅員アルバイトで忙しく、海外旅行へ出かける余裕などは時間的にも金銭的にも無かった。アルバイトで稼いだ金は、部活動の春夏2回の合宿費用と昇段級審査料で消えていた。また暇さえあれば本を買い、机に向かっては読書に耽り、使い慣らしたＣＤコンポでラジオ英会話を聞き、通い始めたばかりの語学学校に足繁く通っていた。しかしながら、大学1年の7月に、日本拳法全国大学選手権の優勝祝賀会のために、車で熱海に向かう途中で見た、「あの太平洋の大海原」が忘れられないでいた。またいつか、時間もあり自由が利く大学生のうちに海外へ行ってみたかった。

その頃、大学から始めた日本拳法は、Ｋ1やＰＲＩＤＥを通じた格闘技ブームもあり、すでに弐段の腕前になっていた。全国大会優勝常連校ながら団体戦には時々試合に出ており、いよいよ3年になってからはレギュラーかというところだった。しかしながら、毎年スポーツ推薦が1~2人は入ってくる中でのレギュラー争いは熾烈を極め、そのままレギュラー争いをする努力をするのか、あるいは練習量を落とし、学業に励むかに悩んでいた時期でもあった。

私にとって学業とは人一倍意識の強いものだった。浪人時代のセンター試験の国語で、国語Ⅰ・Ⅱの古典から先に解き、同じ冊子の（模試では毎回別冊子だった）最初に戻って現代文だけ新課程用の国語Ⅰの問題を解くという大失敗をして、大学に行くならそこと決めていた京都の国立大をまともに受験できなかった悔しさが依然としてあった。そして、当時得意であった数学を二次試験の受験科目から捨てきれず、また、単に学歴にこだわる人間にはなりたくないということで私大専願受験には切り替えず、最後まで本命に全てを懸け学力を伸ばしたのだが、残念ながら対策も全くせずに受験した滑り止めの東京の私大の法学部法律学科に来ていたのだった。

ちなみに私の言う「学業」とは、単なる大学の授業を熱心に受け、紙の上でのよい成績を修めることではなかった。どちらかというと、そういうことには否定的で、自分の興味のあることを集中して自発的に学んでいき、幅広い知識を蓄え、智恵を身に付けるというものだった。それゆえ興味のない授業は、可を取れれば十分で、卒業しさえすればよかった。当時私が興味を持っていた分野は民法や刑法といった基本法と国際政治史、ＩＴ、語学それに武道だった。これら以外は正直、熱心に学ぶ気持ちにはなれなかった。

そう、私にとって武道とは、あくまでも興味のあるものの１つでしかなかったのだ。もちろん、情熱を注いで究極まで修めたいものでもあったが、学生時代は４年間と限られており、戦闘力だけでは人は生きてはいけないし、国際政治史の勉強を通じて、哲学・宗教・政治・経済があっての軍事力だと認識するようになっていた。

当時はまた、失業率が５％超（米国での計算法では10％超）という、「就職大氷河期」と言われた時代だった。高度成長期からバブル期にかけての、大学時代には部活動を熱心にやり、仕事は就職してから覚える時代ではなく、就職前に何かを身に付けておく必要のあるサバイバルの時代だった。地元から同様に東京に来ていた高校時代の友人たちの中には公認会計士を目指して頑張るものや東大文Ⅲから理Ⅲに進学し、看護師として活動しながら、作曲活動を続けることにした友人もいた。

また、完全に信じていたわけではないが、ノストラダムスの大予言も気になっていた。１９９９年７月まであと１年を切っていた。人類が滅亡することはないとは思うが、何かしらのことが起きるだろうから、それまでに「生きる力」を身に付けておきたかった。

「せっかく東京に来たのだから」という理由もあった。確かに高校時代、友人と大学見学に来た時は、茹だるようなその暑さに滅入ってしまい、すっかり東京が嫌になってしまったことがあったが、京都という大学に拘らなければ、私の将来の目的はあくまでも官僚や大企業の社員ではなく、弁護士か作家・ジャーナリストという一匹狼になることだったので、普通の人とは違う視点を持つことを目指して、私大は東京の大学を受験していたのだった。そして、受験の時に東京と京都を移動しながら、どことなく東京の山手線のメロディーが耳に残っていた。

しかしながら、私は当時、部活動に一年中拘束されていた。毎日の練習は午後5時から午後8時までで、後片付けを含めると帰れるのは午後9時だった。これでは放課後に、専門学校に通ったり、定期のアルバイトをしたり、ましてや、まともにゆっくりと東京を散策することもできなかった。土日には、試合や昇段級審査、時にはOBの冠婚葬祭での演武、そして夏と春には10日間の合宿とその資金10万円を稼ぐためのアルバイトなど、部活動で一年中多忙を極めていた。それは高校生活にアルバイトを加えた、自宅と学校を行き来するだけの単調な生活に仕事を加えた多忙なもので、せっかく都会に出たのに自分の見識を広めることも深めることもできない耐え難い生活だった。

アルバイトに関しては、主将に許可をもらい、秋から週2回、鉄道会社で駅員（準社員）の仕事を始めた。夕方6時から翌朝9時までの仕事で、深夜就業手当が付き、ボーナスも付いた、なかなか割のよい仕事だった。おかげで親が退職していることでもらえた育英会奨学金と合わせると、親からの仕送りをずいぶん減らすことができた。私の目的は親から早く独立し、時が来たら親を養うことでもあった。

また、なぜ駅員かと言うと、東京で働くなら生の東京の人間模様を見ることのできる「駅」が良いと判断しての決断だった。まだ地元にいる時、テレビでよく「警視庁24時」を見て、時々その舞台となる駅に関心を持っていたのだった。しかしながら、始めたばかりということもあり、「特殊な」職場ということもあり、まだまだ職場の「特殊な」人間関係に慣れていなかった。

要するに当時の私は、何もかもが始めたばかりで複数のことを同時に行うことに疲れきっていたのかもしれない。当時の主将は、よく私の疲労を気にしてくれていた。「なぜ、そこまで全てに全力を尽くすのか？」。その理由は単に大学受験での失敗だけではなかった。

高校受験の約2ヵ月前である大晦日の夜に、1年近く寝たきりだった祖母が死に、それまで影を落としていた家庭に以前の明るさが戻った。そして葬儀などの混乱にもかかわらず、志望校である県内一の進学校に予定通り合格した私は、中学校では不良のたまり場になっていたため断念した、念願のサッカー部に入部することに決めた。Jリーグ元年でもあった。もともと小学校では県大会に出場するほどのチームのレギュラーであり、中学に入ってもよく友人たちとサッカーをして遊んでいた。休日には一緒に警泥をしたり、野球をしたりして近所を駆け回っていた小学校時代の仲間からは、頻繁にサッカー部への入部の勧誘を受けていた。

入部当初から私のサッカーは通用した。最初は遠慮気味にミッドフィルダー（特にボランチ）を希望していたが、元来押しの強い性格の私には、フォワードが合っていた。ミッドフィルダーの位置から前にドリブルで出ては、得点を重ねるのが好きだった。そんなある日、いつものシュート練習で、ボールを蹴った瞬間、突然腰に激痛が走った。右足が棒のようになり、曲げることができず、そのまま私は地面に倒れこんだ。

今振り返ると、この日が私の人生の大きな節目であったような気がする。安定した上り調子で来た私の人生が、波瀾(はらん)万丈なものになる節目の日だった。

それから数ヵ月して私は、リハビリを続けるばかりで同級生と体力的だけでなく技術的にも差が開いていくサッカー人生に区切りをつけ、今まで経験したことの無い帰宅部生となった。それはただただ、あり余る膨大な時間を無為に過ごすだけの非常につまらない単調な生活であり、勉強に精を出すことなど不可能だった。何かに集中することで得られる、張りのある忙しさの中でないと勉強はできなかった。こうして知的にも身体的にも衰えていく日々が続き、徐々に私の精神は弛緩していった。

また、当時私が通っていた高校は、私たちが入学してから1年間だけ実験的に朝夕の課外を始めており、多くの「勉強嫌い」を生み出していた。それまでは自発的に勉強をすることを是とする自由な校風で知られていた学校であったが、いつの間にか「尾崎豊」の歌にでも出てきそうな高校となりつつあった。

それでも学校の成績は全体の上から5分の1には入っていた。私の通っていた高校は全国的にも有名な公立学校であったが、中学時代の成績から言って、もっと勉強すればさらに成績を上げる自信があった。しかしながら、次第に私は高校受験を通して抱き始めた文学への関心を強めていった。

当時は井上靖の作品を読み耽っていた。まずは少年期から青年期を描いた『しろばんば』・『夏草冬濤』・『北の海』から始め、それから歴史物に入り、『蒼き狼』・『敦煌』、最後に、社会人時代を描いた『氷壁』を読んだ。読書の時間には、物理や地学の授業時間を当てた。2年時から理科4科目の中から1つ選べばよかったので、1学期に習った化学と生物のどちらかに決めていたということもあったが、物理・地学には興味を見出せず、授業自体もつまらなかった。

そんな文学青年生活を送っていた、2年生になる春休みのある日、よく出入りしていた友人の家に、いつものように遊びにいくと、翌年同じ高校に入学することになっていた娘が母親に連れられてきていた。特に美人というわけではないが、背丈は160センチくらいで、黒髪で色白の、目のパッチリとした利発そうな娘だった。名は「クミコ」と言った。特にその笑顔と性格の良さに気を引かれた。

その友人の家はゴルフショップを経営していて、交友関係が非常に広く、遊びに行くといつも宴会に同席させてもらい、様々なことを教えてもらった。「大学に入ってから急性アルコール中毒で死んではいかん」とのことで、酒も覚えさせてもらった。そしてその娘の母親もそのゴルフ仲間の一人だった。あとで分かった話だが、友人の父親は、最初からその娘を私に紹介するつもりで、私たちを家に呼んだのだった。よく言われたのは「黒ちゃんは大蔵省には向いとらん」だった（もちろん、自分には毛頭そんな気はなかった）。

その日に何を話したのかは定かではないが、結局、友人の父親の勧めで、最後に電話番号を交換したのを覚えている。そして不思議なことに、翌日の夜、すぐに電話をかけた。異性に対するそのような積極性はそれまでの自分からすると意外だったが、今思うと、自分の中の何かが自分を突き動かしたかのようだった。それまで異性から働きかけられることはあったが、これほどまでに積極的に自分から働きかけるということは一度も無かった。

不思議ではあるが、なぜその娘が私を気に入ったのかは分からない。サッカー部を辞めて以来、自らを鍛えることの無くなった、弛緩した日々を送っている私のどこを気に入ったのだろうか。それをむしろ余裕と取ったのだろうか。確かにその頃の私は、随分と街へ遊びに出かけるようになっていた。もちろん中学時代でも、勉強と部活で忙しいながらも、ちょくちょく暇を見つけては繁華街まで買い物に出かけていたのだが、今思えば、なかなか「洒落た」子どもだったのだろう。東京で言う世田谷辺りに住んでいるようなもので、その娘の母親曰く、私は「垢抜けている」ということだった。

私たちはすぐに遊びに出かけた。初めは確か、近くの遊園地だった。そこは動物園と植物園とが同じ敷地内にあり、地元の有名なデートスポットの一つだった。当日、彼女はなんと、サンドイッチを作ってきてくれていた。それは高校1年生にしては素晴らしい出来で、彼女のセンスを感じさせてくれるものだった。

彼女は読書家であり、また、よく映画を見ていた。そして「竹内まりあ」のファンだった。将来は「作家になりたい」ということで、ペンネームまで持っていた。もしかすると、この文学に対する興味が2人の特別な、ある意味、特殊な共通点であり、私が彼女に対して積極的に働きかけた何かだったのかもしれない。

彼女は幼くして父親を亡くしていた。その事実を知ってからは、より一層彼女に愛情を注ぐようになった。部活動は、当時所属していた軟式テニス部に誘い、放課後はいつも、3キロは離れた坂の上にある家まで送って、夜また家に電話をかけた。それはまるで、恋人でありながら、父親でもあった。あたかも娘を見守る父のように、自分のことは隣に置き、彼女のことばかり気に掛ける毎日が続いた。

そんなある日の夜、一緒に出かけたコンサートの帰り道に、突然彼女がぽろぽろと涙を流し始めた。理由を聞くと、「今まで先輩に騙されていると思っていた」ということだった。この言葉には正直驚いた。それまで疑うことなく普通に楽しんでいるかのように思えた彼女が、こんな不安を抱えながら私と接していたのだ。彼女曰く「先輩には他に付き合っている女性がいて、自分とはただ遊んでいるだけだと思っていた」ということだった。

それから二人で色んな所に出かけた。海へ行き、花火を見に行き、そしてクリスマスも迎えた。彼女は、水着も浴衣もコートも似合う素晴らしい女性だった。カラオケでは竹内まりあの「純愛ラプソディ」を歌ってくれた。私はそんな彼女を満足させ、幸せにしようと努力していた。自分のことなど放っておいて、彼女の幸せを自分の幸せだと考えるようになっていた。それはどこか父と娘の関係に近かったのかもしれない。あるいは兄と妹の関係だったのかもしれない。彼女は海に行っても、花火を見ても、クリスマスを迎えても私を「先輩」と呼んでいた。

そんなある日、父が還暦を迎え、勤めていた市役所を退職することになった。次の職は市役所（現在は政令指定都市）関連の福祉施設の所長に決まっていたものの、教育勅語で育った父は何も言わなかったが、家族を大きく支えていた大黒柱は絶対的な存在ではなくなりかけていた。当時は日本一の証券会社だった山一證券が破綻するような平成大不況の始まりの頃でもあった。

また当時は、将来、中学時代から考えていた弁護士か、あるいは高校入学後興味を持ち始めた作家のどちらかになろうと思っていたが、どちらも学問を避けてなれるものではなかった。そして名だたる作家は大抵、名だたる大学を出ていた。もちろん当時よく読んでいた井上靖も紆余曲折がありながらも、京都大学を卒業していた。そしてもちろん、自分も学問への興味というものは間違いなく人並み以上に強かった。最終的には歴史を扱いたかった。

当時の学校の成績は、高校入学以来、一応、地域の有名な私塾に数学と英語だけは通っていたので、こういった「不良」生活を送りながらも、全体の上から半分以内には入っていた。もちろん、そうした「不良」生活も社会勉強のうちだと割り切っていた部分がどこかにあったからだろうが、自分でも不思議なくらいそれ以下には下がらなかった。おそらく中学時代はしっかりと部活と勉強を両立させており、県内で一桁の順位に入るほど勉強をしていたからだろう。スポーツも、腰の怪我は多少回復しており、体育の時間ではサッカー部顔負けの点取り屋であり、柔道の時間では柔道部の黒帯と張り合うほどの実力を持っており、ラグビー部やサッカー部を投げ飛ばしたりしていた。江戸時代の先祖の中に江戸相撲で活躍し、故郷で相撲師範をしていた人がいるのは知ってはいたが、当時の私は決してそれ以上ではなく、「特技」と言えるレベルではなかった。

要するに、私は単なる「器用貧乏」だった。当時の私は、中学までの勤勉さによる「預金」で生活しており、その「預金」をスポーツにおいても学業においても使い果たし、「破綻する」寸前のところまで来ていたのだったと思う。中学時代の友人の中には、同じ高校に進んでも、現役で東大に進学するほどの学業成績を残していた者もいたし、部活動で優秀な成績を残し、華々しく活躍している者もいた。もちろん、後者の学校の成績は必ずしもよくはなかったが、何か一つで自分を確立しており、何の取りえもない、ただの遊び人の「預金生活者」の私とは段違いに素晴らしく、輝いて見えた。自分が人に誇れるものと言えば、「クミコ」だけだった。

当時の自分と父の退職、バブル後の大不況と世紀末、自分の夢、そして目前に迫った大学受験を比較しているうちに私は、もう一度自分を、輝いていた昔の自分に戻してみたくなっていた。正直、一体何から手を付けてよいのか分からなかったが、1つ気づいたことがあった。それは私がまだ17歳であることだった。「自分はまだ17歳」。このことを自分に何度も言い聞かせた。まだ自己改革はできる。今ならまだできる。しかし、そのためにはとにかく、弛緩しきった自分の精神を目覚めさせる、何か大きな衝撃が必要だった。痛みの伴う何かが必要だった。

それからしばらく、夜、近くの湖のほとりで、煙草を吸いながら一人で考える日々が続いた。その頃の自分にとって、彼女はまさに大切な「宝物」だった。言ってみれば彼女は、「黒髪のフランス人形」で、それでいて、きちんとした教養のある才女だった。正直、「彼女がいれば何も要らない」とまで思っていた。私たちの話は合い、どれだけ一緒にいても飽きることはなかった。いつも彼女のことばかり考えていた。

しかしながら、受験生になる私と、自分と同じ遊び盛りの2年生になる彼女が、どれだけ上手く行くかは結果が見えていた。お互いのためにはならなかった。

3月のある日、彼女と別れる決心をした。その頃にはもう、それまでの彼女への甘い恋愛感情は全く無くなっていた。生きるという「現実」に、恋という「理想」が打ち砕かれていた。「恋は幻」。生まれて初めて経験する感覚で、ただあるのは虚しさだけだった。

もちろん、私たちがいつも「円満」だったわけではない。時々受ける私を軽く見るような言動は、彼女からすれば、愛情の裏返しだったのかもしれないが、私にとってはプライドを傷つけられるだけのものだった。私は最愛の女性からは常に尊敬される男でありたかった。

私たちのラストシーンは今でもはっきりと覚えている。まだ寒い3月初旬の日曜日の昼過ぎに、いつも帰り道に寄っていた、テニスコートもある大きな公園の屋根付きのベンチでだった。電話で呼び出して現れた彼女は、少し風邪を引いていた。ベンチに座り、しばらく雑談し、「最近よく考えたのだけど…」という言葉で始まり、それまで考えてきた理由を述べ、「お互いのために別れたほうがいいと思う」と最後に言った。結構あっさり言えた。彼女は何が起きたのか分からないような様子で、戸惑いながらも「私、邪魔なの？」と言い、それからぽろぽろと大粒の涙を流し始めた。私はハンカチで彼女の涙を拭いてあげようとしたが、断られ、それからしばらくして、「お互いのために別れよう」というようなことを再度伝えた。

彼女には大変申し訳なかったが、当時の私には彼女と付き合いながら、自分を再び鍛え直す余力など残ってはいなかった。人を背負った状態で雪山を下山するだけの足腰などどなかった。

それからしばらくして彼女は、私が差し出すハンカチを断り、自分で涙を拭き、いつもの自転車に乗って1人で帰っていった。それはそれまでに何度か見た光景ではあったが、大切な娘を社会に送り出す父親の見る光景とはああいうものなのだろうか。

そして後で知ったが、彼女はそれから2年後、京都の大学へと進んだ。


この別れの日から私の自己改革は始まった。まずは悪友たちとも別れた。時間さえあれば、酒とタバコに麻雀ばかりしている友人たちだった。確かに、自分にもそういう一面があったから付き合い始めたのかもしれないが、勉強とスポーツに打ち込んできた自分からすると、路線からかなり外れていた気がする。彼らは3年の受験期になっても同じ状態が続き、浪人をし、彼らの第一志望校とは言えない大学へと進んだ。

次に腰の分離症を治すことにした。体育の先生から薦められ、気功治療にしばらく通ったのだが、むしろ悪化してしまった。

それからしばらくして、「骨は骨屋」と近くの整骨院に行ってみたが、その治療法が他と違っていて、「人間は歩いて進化したんだから」ということで、「重力の負荷を適切に利用して歩くことで体のバランスを整え、骨のズレを元に戻す」というものだった。つまり、体の姿勢が悪くなっているから、重力が不適切な方向にかかり、骨がずれたり、軟骨が出たりする。だから、そのずれた骨格を重力を適切に利用して歩行することで、適切な状態に戻すとのことだった。そして、整体治療を施しても筋肉には癖があって、その力ですぐに元に戻ってしまう。そこで歩くという行為を繰り返して体の骨格だけでなく、筋肉まで整えるというものだった。生まれて初めて聞く治療法ではあったが、理論的には理解でき、整形外科のコルセットと湿布だけの治療が効かないことは経験上、十分分かっていたので、消去法的に試してみることにした。

毎日学校まで歩いて行き、帰りは真っすぐ帰ると10分ほどで家に着くので、遠回りして40分ほど歩いて帰り、それから整骨院へ行き、電気を当て、整体治療を受けた。最後に細かく砕いた氷の入ったビニール袋をもらい、腰に当てた状態で帰宅し、そのまま机に向かって勉強した。

こういう日々を毎日6ヵ月ほど続けたある日、気がつくと2年間悩み続けてきたいつもの腰の痛みが無くなっていた。それはまさに「魔法」のようなものだった。

それから約10年経って知ったのだが、そこはウォーキング治療の発祥地であり、あのウォーキングトレーナーのデューク更家氏は院長の孫弟子とのことだった。院長は京都大学・スタンフォード大学出の理学博士であり、NASAで研究をしていた。院長はまたフルコンタクト空手で有名な流派の全国レベルの猛者でもあり、自分の怪我を通して常日頃から既存の整形外科学に疑問を抱いていた。そこで宇宙飛行士の体調異常から重力の大切さに気づき、重力を治療に利用することを思いつき、二足歩行を整体治療へと応用し、医学博士号を取得し、故郷へ帰り整骨院を始めたのだった。今では研究所となり、プロ選手を始め、日本各地から患者が絶えない。

話は長くなったが、この自己改革が浪人時代を経て、大学に入ってからも続いていたのだった。その一環として、高校時代の親友である応援団部の団長から勧められて、浪人時代に武道を始めたのだが、武道は身体的な改革でしかなく、あくまでも改革の中心には常に、学問・芸術があり、そしていかにそれらを仕事に繋げるか、いかに早く親から経済的に独立するかが問題だった。この、1・2年とクラスが同じで、お互いに応援団長として体育祭を共にした親友曰く、「ぐずぐずしているとお前という才能がもったいないぞ」だった。この信念を再認識しなおした時、私は部活動を辞めることを決意した。

当時、尊敬し、自分の日本拳法スタイルのモデルとしていた全日本MVPの主将との別れは、「追いコン」だった。OBたちとの飲み会の後、現役部員だけでボーリングに行き、私が最高得点を取ったので、その後のカラオケで一番に歌わされた。SMAPの「夜空ノムコウ」を歌った。最後に、恒例行事であるが、深夜のコマ劇場前の広場で整列し、卒業する4年部員から一人ひとり声を掛けられた。主将からの言葉は次のようなものだった。「この1年間きつかったな。才能がありながら、ほとんど練習を見に来ないコーチ陣に認められなくて……。来年からは主力となって部を引っ張ってくれ」。

私の人生は別ればかりの人生となっていた。

それからしばらくして、次期主務宛てに退部届を書いた。次期主将宛てに書かなかったのは、私を愛弟子だと思ってくれている人を直接傷つけたくなかったのだ。

退部届を書き終わった後、思うものがあった。「うちの部活の強さは、練習量とOB会からのプレッシャーあってこそのもの。これを否定してはいけない。ただ、お互いの目標が違っただけだ」と。

それから私は、北陸へと旅に出た。旅行前、語学学校の帰り道に、いつもの書店に寄ると、その語学学校の営業の女性が立っていた。黒髪で色白で目のパッチリした女性だった。入学の勧誘を受けたので、自分が学生だと告げると、彼女はまだ短大を卒業して働き始めたばかりとのことだった。その時、私は映画「ロミオとジュリエット」のスクリーンプレイを買っていて、そのことを話すと、彼女も学生時代に授業でロミオとジュリエットの劇をしたことがあるとのことで、話が盛り上がった。帰り際に「明日から北陸へ旅行するんだ」と告げると、「彼女も一緒に？」と聞かれたが、明確には答えず、その場を後にした。

北陸へ旅立つ前に、失恋したばかりの、高校3年時の体育祭で共に応援団長を務めた友人を励ますために、飛行機で佐賀に寄った。団部の団長と共に3人で初期の諸問題を解決した仲だった。佐賀空港は地元の空港と比べてもはるかに人気（ひとけ）のない空港だったが、迎えに来てくれた彼と干拓問題で揺れる、夕日が沈みゆく諫早湾を眺めながら、彼の失恋話を感情を酌むようにして聞いてあげた。

翌日、佐賀から大阪まで飛行機で飛び、大阪から電車に乗って北陸へ向かった。すべて計画無しだった。各駅停車に乗り、日本海沿いを走った。途中、何度も電車を乗り継ぎ、場所によっては、ヒッチハイクをした。車に乗せてくれた人の中には、愛人と旅行中の男性もいた。私がどこの誰か分からないので遠慮が要らなかったのだろう、私を乗せた後も引き続き、その男性は愛人に対して、家庭での悩み事を打ち明けていた。

途中、自殺の名所である「東尋坊」に寄ったが、自殺しようとは決して思わなかった。自分にはまだまだやることがあった。そして「自殺の名所」と知っていながらも、せっかく北陸へ来たのだからと、近くの食堂で「ウニいくら丼」を食べたが、なかなか凄(すご)みのある味がした。

福井ではまず、永平寺に行き、それから織田信長に縁のある、剣神社へと向かった。朝倉氏との政争に負け、尾張（現在の愛知県）に左遷されるまで、織田家は斯波氏の家臣として北陸にいたのだった。それ故、朝倉氏との戦である「姉川の戦い」は、信長にとっては因縁の戦だったようだ。

それからバスで、大野という所へ行くことにした。終点まで行ったが、夜遅かったので、その終点にあるバスターミナルの運転手専用の宿泊所に泊めてもらった。その運転手さんは聞くところによると神主でもあり、天皇の遺体が焼かれたこともあるという由緒ある神社の宮司でもあるらしかった。とても親切にしてくれ、カップ麺までごちそうしてくれた。

次に目的地の大野では、まず、仏教への信仰心が厚い、クリーニング屋の兄さんに会った。彼は、地元で苦労して大金持ちになった人が建てたお寺などに車で案内してくれた。彼は時々暇を見つけては見知らぬ家に出かけていき、トイレ掃除を買って出ているということだった。その際には般若心経を唱えるとのことで、彼にとって大切な修行であるらしかった。

その日の夜、近くの銭湯で、ある老人と大東亜戦争（アジア・太平洋戦争）の話で意気投合した。元軍人で元校長の小森さんという初老の男性だった。風呂から上がると、「駅で野宿をするぐらいなら……」と、ご自宅に泊めてもらうことになった。今は農業をやっているということだったが、立派なお屋敷だった。私と同い年くらいのお孫さんがいるとのことで大変良くしてくれた。「福井に『小森』という者がおった、ということだけ覚えておいてもらえればそれでいい」ということだった。

金沢では、駅に着いてすぐに昼食を取ろうと思い、ふらっと近くの定食屋に入った。案内されて座敷に座ると、何とその壁には料理記者歴40年「岸朝子」の色紙が飾ってあり、「美味しいものは人を幸せにします」とあった。確かに味は薄めだが、ダシのしっかり利いたものばかりでとても美味しかった。

その夜は、銭湯に入った後、小料理屋で刺身と勧められた地酒で体を温め、小川沿いの屋根付きのベンチの上に寝袋に包まって寝た。夜中、ふと目を覚ますと、向かい側のベンチに、何か思いつめたような中年の男性が座っていた。私はやや気味悪く思ったが、それはお互い様だと思い直し、リュックのチェーンがベンチの足にしっかり掛かっていることを確認した後、また寝た。次に起きたのは、眩しさを感じてだった。「大丈夫ですか？」と言われて顔を出すと、相手は2人組の警官だった。私が起きて、「大丈夫です」と伝えると、「貧乏旅行も大変だな」と片方の警官がつぶやいて、次の巡回へと去って行った。

帰京後、電話を取ると主将からだった。「俺は引退したのだから、お前の好きなようにしろ。ただ、辞めるからには、次の幹部学年が納得するだけの理由を伝えろ」と言われ、「自分は部活動が嫌だからではなく、作家になるためにもっと勉強しようと思って、部活動を辞めるのです」と伝えた。

それから、新幹部や同期と話し合う機会があり、新主将は「いつでも帰って来い。いつか俺たちのことを書いてくれ」と言ってくれた。大阪人は人情味があった。同期は家まで押しかけてきた。その頃には入部当初は10人いた同期も5人になっており、一般入部3人のうち別の1人も辞めかかっているとのことだった。最後に残った1人も1年の1学期で辞めようとした前科があり、「俺も人のことは言えないから…」とのことだったが、「でも辞めないでくれ、一緒に全日本を取ろう」とまで言ってくれた。私を入学式直後のキャンパス内で勧誘したスポーツ推薦の同期や1年の夏休みに英語を教えた、後にボクシングの東日本新人王となる同じくスポーツ推薦の同期も来ていた。彼らからは逆に日本拳法のコツを教えてもらった。また自分自身の組み技は、高校1年の柔道の時間に体育教師から参段をもらうぐらいで、4年の先輩にも、OBがたまに連れてくるプロの格闘家にも通用し、部員から一目置かれていた。そして、自分たちは全日本を取れる存在であることもよく分かっていたし、彼らにはそう伝えた。しかし、その1年間で育てた後輩や次年度以降入ってくるスポーツ推薦の補強を考えると、自分がいなくても、十分優勝できたし、1度辞めたらそう簡単に戻れる世界ではないことも、それまでの経験上、十分分かっていた。そして、自分にはどうしても他にやりたいことがあり、作家になるのに全国優勝はむしろ不要で、また二兎を追う者は一兎も得ずだと、彼らに伝え、いつか、忠臣蔵の生き残りのように、彼らのことを第三者として書き残すことを約束し、暫くして別れた。

新学期が始まってからは、部活動に当てていたほとんどの時間を読書に当てた。主に国際政治史関係だったが、国際政治ジャーナリストの落合信彦の啓発本もよく読んだ。もちろん、高校時代の失敗を繰り返さないように、日本拳法の町道場に週2回は通い、毎晩筋トレを100回3セットやって体を鍛えた。日本拳法の練習場所は立川と、新宿からははるか遠く、金もかかり、当時日本拳法の有名選手が出場し、話題となっていたフルコンタクト空手の流派からたびたび勧誘を受けたこともあったが、日本拳法自体を辞めるつもりはなかった。その日本最初のフルコンタクト総合格闘技という実践性は、実に素晴らしいものがあった。

そして、インド旅行から帰国後すぐに始めた語学学校での英会話もそれなりに上達し、一番上のクラスで毎回テーマを選んでディスカッションをするまでになっていた。毎回、事前にワシントンポストなどの英字新聞などを読んで、準備して臨んでいた。また、大学の英会話の授業では写真学の講座を取り、英語で受講し、撮ってきた写真について各自英語で批評をしあうこともやっていた。そして学校帰りには、新宿駅東口前で露天商をしているイスラエル人たちと英会話をして楽しんだ。彼らはユーモアに富んでいた。彼らは高校を卒業して兵役を済ませると、世界を旅して回るのだった。そして各地にいるユダヤ人たちの元で働きながら、それぞれの国を見聞して、国に帰って次の進路を決めるのだった。兵役は男女関係ないので、イスラエル人女性には美人が多いが、逞しいものを持っていた。

たまには部活動の間に始めていた雑誌サークルにも顔を出した。新学期始めの勧誘期間に出会った、色が白くグラマーな1つ上の先輩を目当てに入ったのだった。実際に入ったのは大学2年の冬に雑誌作成スタッフ募集の張り紙を見たのがきっかけだったが、その雑誌作成作業を通して彼女と仲良くなることができた。彼女は考古学を専攻しており、将来は考古学者を目指していた。

時には、体育会のフレッシュマンキャンプのバレー大会で、一緒にチームを組み、優勝したヨット部の友人に会うこともあったが、あまり多くを語ることはなかった。

もちろん、第一志望だった京都の大学に編入することを一時は考えたこともあった。英語と小論文だけでよかったのだ。しかしながら、もう学歴ではなく、実力の時代がやってくることは分かっていたし、京都よりも大都会東京で残りの学生生活を送り、もっと自分を磨きたかった。母が入学前に言った「入れてもらえたと思って感謝しなさい」という言葉も脳裏に残っていた。不思議と、スクールカラーが高校と同じで、ラグビーの強豪校であることも、自由な校風も同じだった。そして校風が自由というのは第一志望の大学とも同じで、それが東京にあるのだから、むしろこっちの方が良く思えた。また、それまで仲良くなった友人たちを裏切りたくもなかった。そして、少しずつではあったが、その大学名の通り、ユーモアを大事にしている大学を好きになり始めていた。

こうして私は、偏差値という尺度での学歴を忘れることにした。

そしてちょうど3年からゼミが始まり、少人数のせいもあって、隔週で発表の機会があり、忙しい毎日を送った。ゼミは「アジア法」で内容は国際関係だった。元々世界を相手にした仕事をしたかったので、大学1年次の1学期にはすでに法曹を目指すのをやめていた。法律学校を前身とする法律学科しかない法学部で有名な大学に入ったものの、それだけ一層法曹界のことがよく分かり、受験勉強の惰性でそのまま資格試験勉強をしていては、1度しかない人生がもったいないと思ったのだ。将来は、国際政治ジャーナリストか作家という自由な一匹狼になりたかった。

私は高校2年生までは、祖母の介護の影響もあったのだろう、弁護士になろうと思っていたが、地下鉄サリン事件を機に弁護士という職業に疑念を抱くようになっていた。オウム側の弁護士を見て、素直に「弁護士ってこんなことまでやらないといけないのか」と思ったのだった。それまでの自分は「白を白」と主張し、弱者のために生きるのが弁護士の仕事だと思っていたのだが、「黒を白」というのも弁護士の仕事だと分かって以来、急激に興味を失ってしまっていた。それから進学先を法学部と文学部で迷いに迷った結果、文学・歴史は独学でもできると思い、一応、法学部法律学科に進学してみてはいたが、やはり答えは同じだった。以降私は、もう一つの興味の対象であった文学・歴史へと関心を深めていった。

また、大学1年時に、哲学のゼミでのレポートのテーマに「脳死」を選んだ際、立花隆の『脳死再論』を読み、その対談で、「法律家の論理は論理でなく、詭弁でありこじつけである」として論破される法学者たちの姿を見て、法律を自分のバックグラウンドとするのをやめた。論理性のない作家・ジャーナリストなど話にならなかった。加えて、国際政治史の勉強を通じて、異国に占領された状態で制定された日本国憲法自体の合法性に疑義を持っており、いずれ改正か破棄されるべき法律を覚えてもしょうがないとまで思っていた。ハーグ陸戦条約43条によれば、異国による軍事占領中に定められた憲法は無効とのことだった。

しかしながら、「アジア法」のゼミで実際にやることといえば、「中華人民共和国の憲法の前文を覚えてくること」だった。担当教官も学生運動崩れの人で、早稲田から東大の院に進んだ人ではあったが、学歴と思想は全く関係ないもののように思われた。ゼミを選択する前に担当教官に確認をし、「アジアのことをやりたければ何をやっても良い」ということだったが、完全に騙された気持ちでいっぱいだった。しかしながら、私は、そんな左翼的なゼミの中で唯一、「中国」ということで台湾についての発表を粛々と進め、4年次には当然のように「国際関係論」のゼミへと移った。

この国際関係論のゼミに移ったのは正解だった。担当教官は、国際基督教大学（ICU）を卒業後、米国のペンシルバニア大学で博士号を取った方で、保守主義を軸とする非常にバランスの取れた方だった。私はこのゼミで、国粋主義の薫陶を受けながら、国際政治学や論文の書き方などを一から学ぶことができた。

ゼミと言えば、1年次に受けたシェークスピアのプロゼミも素晴らしかった。当時仲が良かった同じクラスの友人らと一緒に受講し、毎回、課題の作品を読んできて、各自が自由に感想を言うのだが、担当教官によると「シェークスピアは、文学的だけでなく、政治学的にも、経済学的にも感想を言うことができる『えれえ』作品なんだ」とのことだった。実際に今、海外の作品で影響を受けたものを挙げるならば、間違いなくシェークスピアになる。そして、もう一つ紹介を受けた作品がある。それはスペインの哲学者ホセ・オルテガ・イガセットの『大衆の反逆』という本だった。この本は要約すると「精神の貴族のススメ」であるが、後に述べるように、国際政治史を理解していくうえで非常に役に立った。そして、この時一緒に受講していた仲の良かったクラスメートとは、その後も、必修ではない語学の授業でたびたび一緒になり、彼は大学卒業後、海外を旅し、キューバではヘミングウェイの通ったバーである、La BodeguitaとEl Froriditaを尋ねたりして、その後は東京で、世界的に有名な外資系の都市型リゾートホテルのレストラン・バーの支配人兼バーテンダーをやっている。

ちなみに、うちの大学は、法学部は特に、東大や一橋大など関東の最難関国公立大学の法学部受験者が多くいた。そして、政治学科が無く、法律学科に特化した学部なので、それだけ大学名にこだわって他の私大の他学部は受験せず、純粋に法曹を志して受験した人が多く、優秀な人間が多かった。また、「権利自由・独立自治」をモットーに掲げ、推薦の枠が他大学と比べて極端に少ないのもその大きな理由の一つだろう。それだけに、一度好きなことを見つけ、自信を取り戻すと、その才能を思う存分開花させ、世界的に活躍する人材が出てくるのも大きな特徴であるようだ。

この頃はよく、北野武の映画を観た。彼はコメディアンから出発し、バイク事故を起こして一時は芸能人生命が危ぶまれた時期もあったが、この頃には映画監督としてベネチア国際映画祭で金獅子賞を取り、世界的な評価を得ていた。またこの頃は、中田英寿がイタリアのセリエAで活躍していた時代でもあった。彼は大学には進学せず、ベルマーレ平塚という自分がすぐにトップ下で活躍できる場を選び、そしてすぐにA代表で活躍し、世界へと羽ばたいていった。確かに中田は、アトランタ五輪でPKを外したかもしれないが、それもまた彼が天才であることの証しだった。失敗したからこそ気づいたことがあるし、失敗は成功の基であり、大舞台での大失敗は天才の証しでもある。

こうして私は、想定外の世界を楽しむことにし、大学受験以来、常に樹系図を作り、論理的に考えるようにしていた癖を改め、以来、直感を鍛えるようになった。映画『A Beautiful Mind』にも出てくるが、「天才は先に答えを言う」のだ。

大学3年の1学期早々に、文部科学省がやっていた寮へと移った。その寮の入寮者の内訳は留学生半分、日本人半分という構成で、応募期間には遅れていたが、「アジアとの協調の重要性」を熱く述べた小論文を送り、見事入寮できた。館長曰く、「あなたに一度会ってみたかった」ということだった。そこは西武新宿線の高田馬場駅の隣の下落合から徒歩で1分弱のところにあり、建物はかなり古かったが、1人部屋でエアコン、机、ベッド、ロッカー付きで、風呂・トイレは共同だが、業者が掃除をしてくれるというビジネスホテルのようなところで、電気・ガス・水道代込みで月に2万円弱という破格の値段だった。しかも、人を泊めることはできなかったが、「門限無し」だった。これで親からの仕送りを大幅に減らせ、目標であった経済的自立へと大きく一歩近づくことができた。

また、そこは新宿まで電車一本で行け、歩いても帰れるという物凄い立地だった。パソコンルームもあり、自由にインターネットもできた。しかし、主にアジアからの学生が多かったので、中には自分の部屋の前の廊下でポータブルガスコンロを使って中華鍋で料理を作り出す中国人までいて、その階の廊下中に香辛料のにおいが立ち込めて大変だったこともあった。そんな時は勇気を持って注意することで、彼らとの距離感を学ぶことができた。そこはまさに「アジア」の縮図であり、「アジア人」を理解するには格好の場所だった。

この頃には鉄道アルバイト以外にも色々とアルバイトをやった。寮の1階が学生向けのバイト紹介所となっており、デパートへの商品の搬入搬出作業や引っ越しなどをした。そのアルバイトを通じて知り合う業界の人たちとの交流を通して、私は少しずつ自信を取り戻していった。中には、難しい紐の結び方を教えもせずに独学で理解した私を「頭が良い」と褒めてくれたり、自分の大学名を伝えると「おー、すごいね！」と褒めてくれる人もいた。中には良い意味で「君のところは変わった人が多いよ！」と言ってくれる人もいた。

台北

こういうふうに武道的にも学問的にも自由な日々を送り、鉄道アルバイトとのバランスも取れるようになり、奨学金に加え、寮へと移ることで経済的にもほぼ親から自立できるようになった大学3年の夏に、いよいよ、それまで十分に調べ尽くしていた「台湾」へ渡航することに決めた。語学学校や露天商に通って身につけた英会話にも問題なかった。あとは現地へ行って見識を広めるだけでよかった。

飛行機は日本アジア航空だった。日航系列らしいが、台湾との国交がないために別会社を設立して、日本と台湾、アジア諸国をつないでいるようだった。そういった事情から客室乗務員には日本人はほとんど見られず、多くは台湾人のようだった。ただ、日系の会社だけあって、日本人と台湾人の客室乗務員同士がすれ違う時には、先輩である日本人の方が威圧的な態度を示し、明らかに先輩後輩の上下関係のある様子が面白かった。

真っ青な晴天に恵まれ、真っ白な強い日差しの射す中、レンガ色の風格ある中正国際空港に着き、タラップを降りた。そこにはインドのようにむせるような香料の強いにおいは全く無かった。ただ、空港内に入るとほのかに甘い香辛料の香りが漂っていた。また南国を思わせる、花のイメージをした広告が掛けてあった。

空港からバスに乗り、台北へと向かった。外を見ると、50ccのスクーターと黄色タクシーの一群が目に留まった。大陸は「大量の自転車」というイメージがあったが、台湾の場合は「大量のスクーター」だった。国民の移動手段は国力を示す大きなバロメーターであるのかもしれない。

台北駅に着くと、すぐに宿を探した。それは「陳おばあさん」という人が、主に日本人の学生向けにやっている宿だった。そこは駅前の繁華街のとある雑居ビルの3階にあるのだが、その狭い階段を上がってみると、2階から3階へと通じる階段には格子状の門がしであり、厳重な安全対策が施されていた。

取り付けてあるベルを押してみると、しばらくして一人のおばあさんがゆっくりと下りてきた。「陳おばあさん」だった。私が日本語で「日本から来ました。一泊とめていただけますか?」と言うと、「いらっしゃい。どうぞ」という流暢な日本語と温かい笑顔で迎えてくれ、門のドアを開けてくれた。それから一緒に階段を上がりながら教えてくれたのは、「台湾では日本人だと分かると、犯罪者たちが後から宿泊先まで付けてくる」のだそうだった。それまで「親日国家台湾」というイメージにすっかり気を緩めていた私は、この時しっかりと気を引き締めなおした。台湾もあくまで「外国」だった。

その宿は「元日本人」が経営するだけあって、清潔に保たれていた。また「客家（東洋のユダヤ人と呼ばれる）」にふさわしく、非常に几帳面な人でもあった。翌日の列車の手配の仕方やら電車の中での行動の仕方（席を離れた際に荷物を盗まれないように、乗車前には必ずトイレを済ませておく）など、事細かなアドバイスを頂いた。

一つ面白かったのは、私が台湾の民族構成について質問した時だった。「外省人と内省人とは仲が悪いのでしょうが、内省人同士はどうですか?」と聞くと、陳おばあさん曰く、「福建はズルい」ということだった。台湾の複雑な民族事情が伝わってきた。

「外省人」とは、大陸での内戦に敗れて、戦後、蔣介石とともに台湾に渡ってきた人たちとその子孫であり、「内省人」とはそれ以前より台湾に住む人たちではあるが、民族構成は、福建人と客家人、先住民に分かれていた。人口比は順に外省人が14％、内省人の福建人が70％、内省人の客家人が14％、先住民が２％である（２０１２年12月当時）。

それから部屋に入り、荷物を置いたら、早速、外に出かけた。食事がまだだったので、繁華街を歩いていると、美味しそうな鳥の丸焼きがいくつも店頭に吊るしてある食堂に目が止まり、その香ばしいにおいに誘われるようにして中に入った。

台湾料理は主に、ご飯の上におかずが載る種類のものが多く、これが結構いけた。そして台湾人は意外と肉食なのである。鶏肉だけでなく、豚肉、牛肉まで載せる。青梗菜（チンゲンサイ）などの野菜も程よく載っている。日本ではどちらかというと肉より魚なのだが、台湾は食の面では日本よりもアメリカに近いのかもしれないと思った。もしかすると、車が左ハンドルで右車線を走ることから類推して、戦後アメリカにお世話になった分、多くの肉が輸入され、肉食の文化が根付いたのではなかろうかと思う。

食後は、近くのジュース専門店で「タピオカミルクティー」を頼んだ。大きめのタピオカを太めのストローでミルクティーと一緒に吸い上げる爽快感と、そのもっちりとした食感が病みつきになり、滞在中は、ほぼ毎食後、食後のデザートとしていた。

台湾は亜熱帯だけあって、非常にドリンク類が発達しており、様々なジュースがあった。ただ日本人にとって問題なのは、どこでお茶を買い求めても（日本系列のコンビニでさえ）、砂糖入りのお茶しかなく、ストレートのお茶に慣れている私たちからすると、喉を潤すにはミネラルウォーターしかなくて困った。

台南

翌朝、台北駅へと向かった。切符を買おうと駅構内で、ある女性につたない中国語で窓口を尋ねると、私の持っている日本語のガイドブックに気がついたのか、日本語で「こちらへどうぞ」と窓口まで案内してくれ、おまけに台南までの切符代まで払ってくれようとした。これにはさすがに驚いたが、丁寧に断り、自分で切符を購入した。

それからしばらく会話した。彼女は「日本で働いたことがあります」とのことだったのだが、その後の台湾での経験から、この種類の人は決して珍しい人ではないことが分かった。台湾人にとって日本へ行くことは人生の楽しみの一つであることのようで、日本人にとってのかつての「お伊勢参り」に似ているようだった。

それから無事、特急に乗りしばらくすると大きな駅に着いたので、目的地の台南だと思い、急いで降りた。電光掲示板にも「The next stop is TAINAN.」と出ていた。ただ何となく、違うところに来た感じがしたので、近くの土産屋で弁当を買う際に聞いてみると、そこはまだ「台中」という中間地点であることがわかった。

それから近くにいたある中年の男性と日本語でやりとりをすることになった。おじさんは「元日本人」ということで、日本人である私に親しみを覚えてくれているようだった。そして私が間違って途中下車したことを伝えると、駅まで連れて行ってくれ、駅員に事情を説明してくれた。駅員は笑って切符に判子を押してくれ、それからしばらくして目的地の「台南」に着いた。


台南は日本でいう京都に当たり、鄭成功（ていせいこう）という明末期の武将が、オランダ人を追い出して政府を置いたところだった。彼は近松門左衛門の「国性爺合戦（こくせんやかっせん）」の主人公として、戦前の日本人には馴染みのある人物であったが、台湾では今でも国家的英雄であり、中国人の父と日本人の母をもつことから、台南においては日本人に対する好感度は絶大なものがあった。またこの話は、中西輝政『国民の文明史』によると、台湾が江戸幕府に援軍を求め、江戸幕府は台湾の地政学的な重要性に気づき、その要求に本気で応えようとした歴史も示しており、日本と台湾の歴史的な深いつながりを象徴する物語のようである。

私は駅を出るとすぐ、宿を探した。ガイドブックに載っているホテルの中で、値段が手ごろで清潔感のあるホテルを選び、地図を見ながらそこへ向かっていると、数人の子どもが追いかけてきて、私を近くのホテルへと勧誘してきた。

そのホテルの1階はレンタルバイク屋になっていた。また、そのホテルのマネージャーは英語が堪能で、全ての会話を英語でやり取りすることができた。彼女は私のことを米国に留学していると思ったらしく、お互いの英語力を称え合い、意気投合した。それから部屋を見せてもらうと、清潔感のあるバス・トイレ付きの意外と豪華な部屋で、1日250元（約千円）ということだった。私はそこに泊まることにした。このホテルに泊まることでその後の台湾での滞在が非常に有意義なものになった。

荷物を置くと、早速1階でバイクを借りて、出かけてみた。市内を一周し、高級住宅街では、テニスコートの前で止まってゲームを観戦したり、市庁舎や「赤崁楼（せきかんろう）」といった観光名所を見たりした。台湾に来てまず目に留まったのが、道路をサーキットのように走る多くのスクーターだったが、その一つに自分がなれたことに非常に満足した。

それからホテルに帰ると、しばらく近くを散策してみた。喉が渇いていたので、大通り沿いにあるお店でミネラルウォーターを注文したのだが、そのお店の主人が元日本人らしく色々と話しかけてきた。

最初は「日本統治時代、我々台湾人は二等国民だった」という怒りをあらわにした対応だったが、私はそういった対応にはすでに慣れており、また日本の植民地統治を正当化するだけの知識を十分に持ち合わせていたので、涼しげにただ聞くことに徹していた。すると彼にも親日感情はあるようで、しばらくして笑顔になり、それから近くの道路に椅子を出して腰掛けているおばあさんを紹介してくれた。

その人も日本語で教育を受けた世代で、最初は同様に反日的な態度を取りながらも、最後は笑顔で「日本が統治していた頃は、夜でも戸締まりもせずに眠ることができたものよ」と懐かしそうに当時のことを語ってくれた。そして、また別の台湾人男性を紹介してくれた。

その人は李さんという元学校の校長先生で、当時はすでに退職し、悠々自適の生活を送っていて、家の奥から日本のビールを持ってきてくれ、私に振る舞ってくれた。「やっぱり、ビールは日本のが旨い」ということだったが、私が「台湾ビールも美味しいですよ。世界的にも評価は高いです」というと、「これは一本取られた。よく娘からも同じようなことを言われる」と笑った。

李さんは最後に、「戦前・戦時中に満州を警備した関東軍の軍人は今で言う『ランボー』だよ。一騎当千の。それでいてきちんと規律が整っていて。今の日本は、米国に占領されてから少しおかしくなっているけど、命懸けでアジアを欧米の植民地支配から解放したのは日本だよ。今のアジアはまさに大東亜共栄圏だよ。そんな世界の救世主とも言える日本人の子孫として、あなたも胸を張って生きていきなさい。そして、万世一系の皇室を大切にしなさい。世界に冠たる天皇陛下だよ」と語ってくれた。

翌日、朝から「億載金城（おくだいきんじょう）」という日本軍の台湾出兵に備えた清朝側の要塞を見に出かけた。そこは公園として観光地化されていて、男女4人組の台湾人が遊びに来ていた。話しかけてみると、大学の夏休みを利用して遊びに来ているということだったが、あまり英語ができないらしく、英語ができる友達を紹介するから連絡先を教えてくれ、ということになり、翌日、また遊びに行くことになった。

当日、ホテルの1階で11時に約束をしていたが、降りてみると、ホテルの横にある公衆電話で電話をしている娘を見かけた。どことなく日本人のような感じがしたが、そのままそこで待っていると、例の4人組が英語ができる友人を連れてやってきた。先ほど見かけた日本人のような娘は前の日に出会った女の子だった。「日本人に似ているね」と伝えると、とても嬉しそうにしていた。あとから知ったのだが、台湾人女性への一番の褒め言葉は「日本人に似ている」ということだそうだ。台湾人からすると、日本人女性はファッションセンスがありスタイルがよく、いわゆる「美の象徴」であるようだ。

それから繁華街の屋台街に出かけて、「牡蠣入りお好み焼き」を奢ってもらった。そして4人組が連れてきていたアンジェリーナという英語名を持つ女友達は、確かに英語が達者で僕らの通訳をしてくれた。彼女は、いつもは台北で大学に入るための予備校に通っていて、今は実家に帰省しているということだった。「台北に来た時は連絡をしてほしい」ということで、連絡先を交換した。

当時の台湾は、1988年に蔣介石の息子である蔣経国が死去し、当時副総統だった、元日本人である李登輝(りとうき)が制度上偶然に（もしかすると蔣経国の深謀遠慮だったかもしれないが）総統に昇格し、40年近く施行されていた戒厳令を解除し、自由化路線を進めて10年が経つ年だった。約10年前までは、秘密警察が市民を監視し、密告が横行し、政府批判さえできない状況だったそうだ。アンジェリーナたちはそんなことは全く話さなかったが、彼女たちのあの明るさの背景には実は深い悲しみがあったのかもしれない。ジャズは黒人たちが悲しみを紛らわすために始めた音楽とも言われているが、台湾人の明るさはそのジャズの明るさに近いものがあったのかもしれない。

アンジェリーナとは、私が翌年の春休みに、英語の教員を目指して勉強していた姉と2人で台北を訪れた時に再会した。その時はちょうど総統選挙真っ最中であり、野党民進党の陳水扁(ちんすいへん)が総統に選ばれるという、中華圏初の民主制による政権交代が行われた歴史的瞬間にも立ち会えた。しかしながら、その時の緊張感は何とも言えないもので、常に中国の核ミサイルが台湾に向いていることを考えると、道を歩いていても、食事をしていても気になるのだった。その時、要約すると「核ミサイルの発射を防ぐにはこちらも常に同等数の核ミサイルの発射準備をしておくしかない」という、マクナマラの「相互確証破壊理論」はある意味、正しいとも思えた（岡崎久彦『戦略的思考とは何か』）。仮にMDで打ち落とせても、核弾頭が上空で爆発してしまっては意味がない。しかも現在は多弾頭化していて全てを打ち落とすのは不可能であるようだ。米国の庇護下にはありながらも、こういう物々しい状況下で常に生きることを背負わされている台湾人の逞しさにも感服した。卒業後のことを考えて、ある日本に縁のある台湾人作家が経営する日本語学校を訪れた際に、その色白で美人の副校長が、「これから戦争になるから早く日本に帰りなさい」と凛として気丈に言った姿を今でもよく覚えている。

鄭成功による漢民族初の台湾支配である鄭氏政権は、残念ながら、鄭成功の死後、清国と内通する者が現れ、結局20年ほどしかもたなかった（伊藤潔『台湾』）。では、蔣介石による蔣氏政権はどうだったのだろうか？

蔣介石は台湾接収後、徹底的に反日教育を行った。これは内省人（元々台湾にいた人々）の旧宗主国である日本への愛着を弱め、その独裁的で強権的な台湾支配を推し進めるための方策だったようだ。こうした事情から旧日本人である教師、学者、弁護士、医師といったインテリ層の数万人規模の大虐殺（2・28事件。京都大卒の元日本人である李登輝はこの生き残り）と対日歴史観の捏造、日本文化弾圧が徹底的に行われた。

そして、日本が残していった遺産である、国営企業やインフラ、銀行、マスメディアなどの権力を手中にし、元日本人である本省人たちを締め出し、そして、マスメディアや教育を用いて、彼らに戦争犯罪意識や劣等感を植え付けるべく、徹底的な洗脳を行ったようである。

しかしながら、こういったことをすればするほど、台湾人の日本人への愛着は増していくばかりだったようだ。だからどんなに学校で日本人批判が行われても、家に帰ると日本人のことを良く話すおじいさん・おばあさんがいて、その孫たちの中には自然と親日感情が植えられたそうである。そして、自由化とともにもたらされた日本文化は瞬く間に台湾中に広がり、台湾の親日感情に火がついたのだった。アンジェリーナたちが外国人である私に、まるで同郷の親戚であるかのように、優しくもてなしてくれたのもよく理解できた。

特に「元日本人」である内省人たちの親日感情の醸成には平井数馬や志賀哲太郎を始めとする日本人教師たちが大きな役割を果たしたそうである。彼らは民族の垣根を越えて接し、能力さえあれば、東大にも進学できるように支援したそうである。また戦後、大陸からやってきた「外省人」の教師は、授業中に教壇の上で痰（たん）を吐いたりするなど、いわゆる「聖職者」とは言えない人たちが多く、この対照的な「教師像」が内省人たちの日本への望郷の念を生んだようである。

その教え子の中から、2・28事件で台南の台湾人学生リーダーたちを庇い、「私には大和魂の血が流れている」と目隠しを拒否し、「台湾人万歳」と日本語で叫び、一人銃殺刑となり祖国に散った、日本人を父に持つ湯徳章という英雄も生まれている。彼の命日である3月13日は、2014年の同日に台南市の「正義と勇気の記念日」に制定されている(門田隆将『汝、ふたつの故国に殉ず　台湾で「英雄」となったある日本人の物語』)。

もちろん日本が、公共機関のみならず、大学や病院、銀行や製糖工場、ダムや鉄道などのインフラを作り、マラリアなどの疫病を根絶するなど台湾の近代化を推し進めた点も台湾では高く評価されており、その基礎を作った児玉源太郎や後藤新平、八田與一も同様である。

しかしながら、その親日感情故に、1972年の日中共同声明による日台断交は、1950年の英国や1978年の米国による中共承認と質の違う衝撃だったようで、司馬遼太郎の『台湾紀行』の中で老婦人が「どうして日本は台湾を見捨てたんですか?」と作者に詰め寄るシーンは印象的である。

翌日からはホテルの支配人の息子仲間とよく遊ぶようになった。彼は背が高く、頭は丸刈りで、肌はよく日に焼けていた。どことなく故郷の従兄弟によく似ていた。そして彼には年上の帰国子女の彼女がいて、小柄ながらも将来はＣＡになりたいらしく、綺麗な娘で、私の大学での友人によく似ていた。台湾で不思議に思ったのは、その出会う人々のほとんどが日本での知り合いの誰かによく似ていることだった。ただ違うのは話す言葉ぐらいで、親近感を覚えながら接することができた。

当時台湾ではローラースケートが流行っていたらしく、ローラースケートを扱っているお店に連れて行ってくれた。そこには彼のローラースケート仲間が集まっていた。私が中に入り紹介を受け、しばらくの間スケート靴を見ていると、奥にいるその仲間の一人が突然、何かしらの罵声を浴びせてきた。「外国での喧嘩はやめておいたほうがいい」ということはよく理解していたので、完全に無視していた。私は、大学入学前にストリートファイトで酔っ払いのチンピラ５人組を相手に勝ったこともあるくらい生まれつき腕っ節が強く、その後、日本拳法を本格的に始めていたので、多少の人数でも全く怖くはなかった。鉄パイプを持った暴漢を一喝してびびらせたこともあったくらいだ。

無視をして、しばらく店内の壁に掛けて展示してあるスケート靴を眺めていると、その仲間内にいた女の子が私のところに来て私の相手をしてくれた。どうやら私に気を遣ってくれているようだった。こういう正義感の強い女の子は一昔前の日本にはクラスに1人はよくいたものだ。現在の日本の教育の問題点は「いじめを無視するという、ことなかれ主義、あるいは利己主義」であるのかもしれない。

それから彼らの仲間が先ほどの無礼を詫びるように近寄ってきて、彼らのいつもの練習場所である近くのスケート場に案内してくれた。先ほど私に罵声を浴びせた男も照れくさそうに近寄ってきた。

そのスケート場にはジャンプ台があり、仲間たちは結構高度な技を披露してくれた。中には近く兵役に出る青年もおり、日本名を「たつお」と言った。彼とは英語で「ドラゴンボール」の話をして盛り上がり、「鳥山明はフリーザで話をやめておくべきだった」という点で意見が一致した。まさか異国の地でドラゴンボールの話をして共通認識を持てるなんて夢にも思わなかった。

これを機に私は、台湾滞在のほとんどをこの台南で過ごすことに決めた。やはり点々と観光名所だけを見て歩く「観光」よりも、ある一定の場所にとどまり、その土地の人と長く接することで、その国柄というものをつかむ方が自分には合っていた。翌日、バイクを借りて記憶だけを頼りに一人でローラースケート店まで行ってみた。彼らは私に気がつくと、「よく道を覚えていたな」という驚いた顔をしていた。

それから日本人が泊まっているという情報を聞きつけた台湾人たちがよく私を訪ねてくるようになった。なぜか年頃の娘が多かった。その中には日本語がとても上手な娘がいて、なんでも、地元の商業高校で日本語を選択し、そして日本の漫画を読んで日本語を身に付けたそうだった。それからしばらく話をしているうちに、一方的に好意を持たれるようになったのだが、残念ながら、私の好みのタイプではなかった。

彼女はしょっちゅう私の部屋を訪ねてきては、中に入ろうとした。私は勘違いされては困るので、すぐに一緒に外に出て、1階に降りてみんなの前で話をした。それから彼女をバイクの後ろに乗せて家まで送っていった。町外れのアパートに両親とお兄さんと住んでいるらしく、バイクから降ろして家に帰そうとしたがなかなか降りようとせず、しばらく困ってしまった。何とか説得して、ホテルに戻った。彼女はある日、髪を切ってきたのだが、私の叔母に似ている、近くに住むおばさんから何か言われて、からかわれていたので、何と言われているのか聞くと「椎茸（しいたけ）みたいだと言われている」と、はにかんでいた。

もう1人は色白で小柄の可愛らしい女の子だった。彼女とは言葉は通じなかったが、2人でバイクに乗って一緒に食事に行ったりした。一緒に行ったある博物館でのことだが、その日本統治時代の表示を見て私を気にしながら笑っていたので、表示を見てみると、とにかく日本人のことを馬鹿にしてある内容だった。しかし、彼女が笑っていたのは、日本人のことではなく、そういう嘘の表示をした国民党の外省人たちのことであることは、彼女の様子からよく分かった。その後、連絡先を交換し、帰国後もしばらく文通を続けたが、なかなか台湾に行く機会も無く、それっきりになってしまった。

当時の私の中にはどこか、戦後の自虐史観に対する反動があり、それが逆に日本人優位的なものの見方になっていたところがあった。ただ、この感覚を自覚することで、欧米人から見たアジア人像、特に日本人に対する差別的な見方や感覚も何となく推測することができたのは大きな勉強だった。

それからまた、たまたま「億載金城」で出会った別の2人組の女性とも食事をした。40代と20代の女性2人組で、「台湾で最も大きい保険会社に勤めている」ということだった。連れて行ってくれたレストランは香辛料の良いにおいのするところで、料理も美味しく、英語での会話も弾んだ。だが、たまたま当時流行っていた家庭用テレビゲーム機の話になった時、若い方の女性が唐突に、「日本人は世界中でお金儲けばかりをしている」という日本人批判を口にした。すぐに隣の年上の女性が止めたのだが、こんなに親日的に見える人でさえ、突然、反日的なことを言うことから考えると、その潜在意識にある反日感情はかなり深いものだなとつくづく思った。これは単に蔣介石が行った反日教育に原因があるだけではなく、おそらく世界第2位の経済大国となった日本に対する羨望と、海外での武力行使を放棄していることへの嘲りというものもあったのだろう。また、個人から国家が成り立つ以上、国家の意思とは個人のそれ以上に複雑なものであることも認識できた。親日国家台湾といえども、その国民の全てが親日というわけではないし、親日的な人でも反日的な感情を少なからず持っている、ということだろう。私はとりあえず、「日本人は物作りが上手。台湾人はビジネスが上手。両者が組めば最強ですね」と伝え、その場を凌いだ。

これは余談だが、大学卒業後に台湾の高雄にある青年実業家が経営する小規模の商社でインターンシップをする機会があり、たまたま空き時間に一人で昼食をとっていると、初めて訪れたその小龍包（ショーロンポー）の店の主人から突然物凄い罵声を浴びたことがあった。その時は、

「不知道（言葉が分からない）」とごまかしたが、恐らく、自分のテーブルマナーには特に問題はなかったと思われるので、これも先ほど述べた台湾における反日教育と日本人への羨望と何か関係があったのかもしれない。

しかしながら、ある日、ホテル近くの餃子店で食事をしていると、他の客から聞いたのか、近くでバナナ農園を経営しているという女性がバナナを差し入れしてくれた。女性はお店の外の通りから会釈をしただけだったので、食事中ということもあり、私もただ座ったまま会釈を返しただけだった。それでもその婦人は笑顔で応えてくれた。もちろん、今思えば、外に出てきちんとお礼を言うべきだったが、台湾人の多くは日本人と分かるとほぼ無条件で好意を示してくるようだった。

朝から散歩してみると、近くの公園の至る所で太極拳をしたり、カラオケに興じる年配者たちを多く見かけた。何かのイベントかと思って近くの男性に聞いてみると、それは「毎日のことであって、台湾人のお年寄りは若者よりも元気である」ということだった。

近くに大学があったので行ってみた。国立成功大学という大学でちょうど学園祭のようなものをやっていた。話しかけてみると、学園祭のリハーサル中ということだった。台湾の大学生は、英語で話しかけられても物怖じせずに英語で応えるところが見事なものだっかに凌いでいた。やはり貿易に頼らざるを得ないお国柄ゆえに、外国語学習に対する意識は日本をはるかに凌いでいた。

そんなある日、インドのバラナシの時と同様、ありきたりの毎日を送り、せっかくの「非日常」が「日常」となってきていることに気づいた時、台北へと戻ることに決めた。

そして台北へと戻る日の朝、荷造りをして1階に降り、宿の経営者夫妻に挨拶をして駅へと向かった。すると、スケート場で知り合った2人がガードレールに腰掛けていて、見送りに来てくれていた。素直に嬉しかった。そしてそのうちの1人（故郷の友人に似ていた）が私に1ドル札を10枚くれた。「餞別（せんべつ）」ということだった。僕はお返しに千円札を1枚あげた。この10ドルは今でも記念として使わずに保管している。

台北　Ⅱ

帰りの列車の中は、指定席というのに立ち乗り客が多く、定員オーバーで冷房があまり効いていなかった。気がつくと、隣に扇子で偉そうにあおぐ若い女性がいたり、その前には初老の男性がいたりした。そして前回間違って途中下車したこともあり、次の駅が台北駅かどうか尋ねるために、若い人なら英語が通じるだろうと、その扇子であおぐ女性に「Is the next station Taipei?」と尋ねてみると、そうだということでその前にいるお年寄りに席を譲った。そしてそれまで読んでいたガイドブックを荷台のリュックにしまうと、その女性が「日本の方ですか?」と日本語で話しかけてきた。私は「はい、そうです。あなたはスチュワーデスさんですか?」と聞き返すと、彼女は頷き、降りてから一緒にお茶をするよう誘われた。

彼女は当時20代前半のCAで、日本語が非常に上手だった。語学系の大学を出たということで、もちろん英語も達者だった。目はやや細いが色が白く、彼女もまた日本の友人に似ていた。そしてアリシアという外国名を持っていた。スペイン語の先生につけてもらった名前だそうだった。

それから彼女は私が読んでいたヘミングウェイの『誰がために鐘は鳴る』に関心を持ったり、はめていたスイス軍時計に興味を持ったりした。しばらく話をしてから、彼女と連絡先を交換して、私は最初に泊まった宿に向かって、荷を降ろした。それからすぐに彼女の携帯に電話して、保険会社に勤めている彼女の女友達と一緒に、お茶をした。数日前に中華航空というもう一つの台湾の航空会社が香港で墜落事故を起こしていたので、そのことが気になって保険の条件について話しているようだった。そして背後で日本語の会話が聞こえて、私がとっさに振り向いた時、「外国で自分の国の言葉を聞くと安心するわよね」と言ってくれた。

帰国の朝、出発まであまり時間がなかったので、お土産は空港の店頭に山積みされていたものを適当に数個買った。これはバイト先への土産だったのだが、非常に好評で、おかげで1週間にも及ぶ長期休暇で迷惑をかけたことをチャラにすることができた。実は後で知ったことであるが、この土産はあの世界的に有名な「パイナップルケーキ」だったのだ。これは北陸旅行の際にキオスクで駆け込むようにして買ったお土産の日本酒が、あの「久保田万寿」であったことによく似ていて可笑しかった。

帰国して4日後の9月21日、バイト先の先輩に連れられてドライブをしていたら、ラジオで台湾大地震を知った。M7・6の大地震だった。高校時代からの友人である東大生は、「今度は大地震が起きたね」と言っていたが、台北近くに住んでいるアリシアのことが心配だった。電話しても繋がらなかった。友人である東大生は「もしかしたら、これがノストラダムスの大予言かな?」とも真顔で言っていたが、ノストラダムスの大予言にしては、スケールが違うように思われ、7月を過ぎていたのでスルーした。

翌朝には、東京都のハイパーレスキュー隊が台北に到着した。一番乗りだった。それまでの北京よりの日本外交からすると考えられないことだったが、石原慎太郎都知事と小渕首相との見事な連係プレーを感じ、久々に日本人であることに誇りが持てた。しかも彼らは、倒壊したビルの隙間に残されていた男の子を救出したのだった。台湾中の感動がメディアを通じて伝わってきた。ただ、アリシアとは連絡が取れないままだった。

それから数日後、部屋の電話が鳴り、受話器を取るとアリシアからだった。「大丈夫?」と聞いたら「大丈夫」とだけ答え、彼女の宿泊先であるホテルの最寄り駅で会うことになった。「それでは、お待ちしております!」というCAらしいキリッとした台詞が印象的だった。

第3章　２０００年秋、米国

東京

米国へ行こうと思ったのは、「恐ろしい〝敵〟ほど近づけろ！」という、当時よく読んでいた落合信彦の『命の使い方』がきっかけだった。時代はノストラダムスの大予言が見事に外れ、ＩＴバブルもあり、緊張感を失ったかのように人々は、夜な夜な遅くまで歌舞伎町などの繁華街に繰り出していた。

１９９０年代後半は、冷戦終結で米ソ対立が無くなり、存在意義が薄れていくことに危機感を持ったＣＩＡが、冷戦構造下で着実に経済力を付けていた日本を仮想敵国と定め、ネガティブキャンペーンを仕掛けた時代とも言われている（落合信彦『「最強情報戦略国家」の誕生』）。おまけに民主党という反日親中派で国際干渉主義の政党が政権をとったことも拍車を掛け、「リメンバー・パールハーバー」がその合言葉であった。中国も同じで、その最たるものがアイリス・チャンによる『ザ・レイプ・オブ・南京』という書籍であり（後に内容が公文書による裏づけが無く、掲載されている写真の大半が加工されたものと判明。著者は謎の自殺を遂げる）、米国中に反日世論を作り上げようとしていた。また韓国も、金大中という北朝鮮のスパイであるとの噂もあった、かつての反体制活動家が大統領になったこともあり、「日本軍による従軍慰安婦の強制連行」という公文書による証拠が全くない虚構の歴史問題を日本に突きつけてきていた。

要するに当時の日本は、大戦前の対日経済制裁であるＡＢＣＤ包囲網さながら、世界中からネガティブキャンペーンを仕掛けられており、同盟国であるはずの米国までもがそれを黙認・加担し、日本国内の大半のマスコミがそれに同調する、あるいは逆に作り上げる、まさに悲惨な状態だったようだ。そしてこのネガティブキャンペーンが、約70年前に行われた、ニューディーラーという社会主義者たちで占められたＧＨＱの占領行政下でのＷＧＩＰ（War Guilt Information Program）による洗脳工作（関野通夫『日本を狂わせた洗脳工作　いまなお続く占領軍の心理作戦』）もあって、当時の日本人はますます自分たちと日本国に誇りと自信をもてなくなっていたようだ。

日本は島国であり、また地震などが多発する災害国家であるので、日本人は昔から、お互いに協力し合い、誠と和を重んじる国民であるようだが、世界中からバッシングを受けると、それがたとえ敵国の都合に基づいたプロパガンダ（全くの嘘である政治的宣伝）であっても、本当だと信じ込んでしまうところがあるようだ。中西輝政『日本人としてこれだけは知っておきたいこと』によると、日本は「騙すより騙されろ」という言葉も存在するくらい、自分の内面、つまり「明浄正直」を重んじる独自の文明を持っているようである。

しかしながら、この世界との協調も戦前の幣原外交のように行き過ぎてしまうと、外国に弱腰と見られて、コミンテルンが陰で操る1927年の南京事件や第一次上海事変など中国の排外運動の対象となってしまい、英米もそれを見て見ぬ振りをするか、むしろ自分たちに火の粉が及ばぬよう助長する状況となり、結局、世界を相手に戦わざるを得なくなってしまうようだ。恐らく、当時はすでにそうなっていて、だから、バブル崩壊からBIS規制によるマネー敗戦に至り、長銀などが持つ優良資産は外資に買い叩かれ、約1千兆円もの借金を政府が抱えることになってしまったのだろう。

ただ日本人もさすがで、こういった危機的な状況になると、幕末のように愛国者たちが立ち上がり、理論武装をし始める。我々にとってのその最たるものは、小林よしのりの『戦争論』だった。また、インターネットの普及に伴い、個人がHPなどのメディアを持ち始め、フリージャーナリストや作家、学者が既存の大手メディアとは違った独自の意見を発表し始めており、当時の若者たちがそれ以前とは格段に自由に情報を取捨選択できる時代となっていたことも当時の日本人を支えた大きな要因だったと思う。
この辺は、常に外国の情報収集を怠らない、農耕民族と狩猟民族の両側面を併せ持つ日本人の真骨頂であり、縄文から弥生、江戸から明治へと、時代に合わせて一気に自分を変えることのできる日本人の「瞬発適応能力」であると言われている（中西輝政『国民の文明史』）。

そして私自身が数々の国内外の関係資料を読んで思うのは、先の大戦の本質はインテリジェンス戦争であり、その原因を作ったのは、ソ連と米国の国際共産主義勢力と国際干渉主義者たちで、彼らは戦後、漁夫の利に近いもの（南下・失地回復と世界経済支配）を得た可能性が高いということである。

第二次世界大戦とは主に、英米独と日中・日英米戦争のことであるが、この国同士の戦いを煽ったのが第三者であるソ連であることが判明しつつあるのである。ソ連にとって、反共政策を掲げ自国を挟撃する可能性のある日独を潰すためには、それらの国々と英米と戦わせることは都合がよく、そして資本主義国家同士が潰し合いをすることで、世界を共産化し、領土拡大につながると考えたようである。この戦略はレーニンによる「敗戦革命論」と言われており、やがてスターリンによる「二十七・三十二年テーゼ」へと繋がったようである。このことは『現代史資料1〜3・24　ゾルゲ事件』や三田村武夫の『戦争と共産主義』に詳しく書かれている。

そして、ソ連は各国に工作を行い、その工作を受けた米国のFDR（ルーズベルト）政権が世界恐慌から回復するためのニューディール政策の失敗を隠蔽すべく、景気の起死回生を目指して世界大戦を起こすために「日本とドイツを追い詰め、英国に代わる世界支配」を目指したことが判明しつつある（ハーバート・フーバー『裏切られた自由』・ハミルトン・フィッシュ『ルーズベルトの開戦責任』）。そして、この目的のために利用され、またこの混乱に乗じて、世界各地のユダヤ人を始めとする被抑圧民たちが独立運動を展開したようである。

ソ連の工作とは主に、コミンテルンという国際謀略組織を陰で操り、各国の不満分子をMICE（Money, Ideology, Compromise, Ego）に代表されるスパイ工作を仕掛けるものだったようである。1933年の国交樹立以降、ソ連は米国のハリー・ホプキンス大統領顧問やハリー・ホワイト財務次官補（ハル・ノートを起草）、アルジャー・ヒス国務長官補佐官、ラフリン・カリー大統領行政補佐官らを使って、マッキンダー地政学でいう「ハートランド（ロシア）」における油田の確保や中国の門戸開放など、英国に代わる世界経済支配というMoneyとEgo、そしてソ連と東欧のユダヤ人の救済というIdeologyとCompromiseをチラつかせて、FDR政権という社会主義的で国際干渉主義の民主党政権とその支援者である国際石油・金融資本あるいは軍産複合体を操ることが目的であり、一方FDR政権は、ニューディール政策の失敗を隠すために、ヨーロッパと東アジアで戦争を起こすことで世界の軍需工場となり、第一次世界大戦後の好景気を再び起こすことと、ついでに宿敵英国に代わって世界経済を牛耳ることが目的であり、この両者の目的が一致して、ソ連を挟撃しようとするナチスドイツと日本を戦争へと誘い込んだようである。これらのことは、戦時中から戦後の長期にわたって在米ソ連大使館とモスクワの通信を傍受した記録である米国のベノナ文書やそのロシア版であるリッツキドニー文書、米国内での人的情報を集めたFBIの機密文書、米下院非米活動委員会での実証活動記録などによって明らかにされつつある。

またソ連は日本国内に対しても工作を行っていた。昭和天皇の意に反して英米に対する強烈な排外主義を唱えた近衛政権は、内閣書記官長だった風見章や総理秘書官、ブレーンであった。ＩＰＲ（非米活動にて１９６１年に解散。顧問にはホワイトやヒス、カリーがいた）を通じて、ＩＰＲに資金援助を行っていた米国の国際石油・金融資本あるいは軍産複合体と深い関係のあった可能性がある牛場友彦や松本重治、西園寺公一などを含む共産主義を志向する左派政権であり、朝日新聞記者であった尾崎秀実を政府嘱託として総理官邸内に机を持たせ、コミンテルンと示し合わせて、故意に日本と英米が対立するような政策、つまり支那事変（日中戦争）を泥沼化させ、日本を南進させた可能性が極めて高くなっている。これらのことは、『現代資料1～3・24 ゾルゲ事件』・『国際検察局（ＩＰＳ）尋問調書』・『ＩＰＲ大窪コレクション』などを読むと判断できる。そして、風見や牛場、松本、西園寺らの一問一答形式の尋問記録は、その責任の割には特高警察によるゾルゲ事件に関するもの以外に存在しないことも不思議である。確かに、日本にはヴェノナ文書やＦＩＢ機密文書などの明確な証拠が無く、また大半の機密文書は終戦直後に焼却されているため、彼らの背任行為は現在のところ明確にはなっていない。近衛に関しては、政治家、特に家柄の良い家系というものは、神輿（みこし）に担がれやすいものであり、どっちに転んでもいいように、どちらにも保険をかけていたのかもしれない。彼らの目的には、制度疲労を起こした国体を立て直すという正当なものもあったのかもしれないが、敗戦革命という外圧を利用した権力闘争（摂関政治の復活や華族制度の廃止、自身の更なる出世など）という利己的な側面もあったのかもしれない。そのために３００万人もの国民を犠牲にする必要があったのかは疑問である。それにしても、あの李登輝でさえ、米国留学をするまでは共産主義を信じていたそうであるから（李登輝『台湾の主張』）、当時の共産主義の猛威とは物凄いものだったようだ。エリート教育に科挙を取り入れてしまうとこうなるという意見もあるが、米国のハリー・ホワイトなどの例や英国のケンブリッジ・ファイブの例を見ると、共産主義の影響はかなり根深いものであることが分かる。もちろん、インターネットが無かった時代なので、今と比べて比較にならないほど情報が不足していたことも原因であろう。

　そして１９３７年9月8日に武藤章作戦課長による増派の提案を参謀本部が採用する。その一方で、事件当初から事件の不拡大を唱えていた石原莞爾（かんじ）作戦部長は同年9月28日に関東軍参謀へと左遷されている。現地で停戦協定が結ばれていたにもかかわらず、戦争拡大を目論んだ軍人たちの背景には、武藤章『軍務局長　武藤章回想録』によると、多数の居留民を擁する青島（チンタオ）、上海の保護もあったのかもしれないが、予算獲得という目的もあったようであるし、軍功を立てて勲功（くんこう）貴族になる目的もあっただろう。ちなみに、石原莞爾が作戦部長時代に作った戦争指導課と、その課長だった河辺虎四郎は終戦から占領、講和において非常に重要な役割を果たすことになる。

そして、ソ連とFDR政権は1939年1月14日、ドイツがソ連ではなく英国と対立するように、ドイツのダンツィヒ港・ポーランド回廊返還要求に対し、強硬な外交姿勢を取るようポーランドに働きかけ、軍事援助を約束している。これは反共産主義と東進を掲げる国家社会主義国のナチスドイツを支援して共産主義国のソ連と戦わせることで、全体主義国家同士を戦わせて世界大戦を回避しようとする間接的アプローチであるチェンバレン内閣の対独宥和政策を明らかに邪魔するものであった（ハミルトン・フィッシュ『ルーズベルトの開戦責任』・ハーバート・フーバー『裏切られた自由』）。

そしてこの宥和政策が、1939年4月6日の英ポ相互援助条約締結を以て180度変わったのは、チェンバレンに対するFDRやコミンテルンの工作だけでなく、1938年3月12日のオーストリア併合後にナチスドイツによって行われ始めたユダヤ人迫害（同年11月9日の「水晶の夜」事件など）を恐れた英米のユダヤ人たちが、世界恐慌による株式の暴落で約1億円近い損失を被って資金繰りに困っていたウィンストン・チャーチルに対して工作を行い、財政支援をする見返りに、反チェンバレン運動と対独戦によるユダヤ人救済を行うよう働きかけたこともあったようである（渡辺惣樹『戦争を始めるのは誰か——歴史修正主義の真実』）。

確かに、ヒトラーは第二次世界大戦前、米誌『タイム』の１９３８年の「パーソン・オブ・ザ・イヤー」に輝くほど、ドイツ経済を立て直した有力な政治家として称賛されていたようだが、彼の失敗は、反ユダヤ主義を掲げてのユダヤ人が多く住む東欧への進出とユダヤ人迫害によって世界中のユダヤ人、特にユダヤ系国際石油・金融資本やマスコミなどを敵に回したことも大きいようである。ヒトラーがなぜ反ユダヤ主義を掲げたのかは定かではないが、ヒトラーの著書である『我が闘争』から判断すると、ベルサイユ体制下での過酷な不況下にあるドイツ人の不満のはけ口として、ヨーロッパで昔から行われてきたように、ユダヤ人を利用したのであろうし、R・P・シェインドリン『ユダヤ人の歴史』によると、ユダヤ人は反政府的で共産主義者が多く、東欧やソ連に多く居住していたようなので、ドイツの東進と反共産主義ソ連対策との間に何かしらの因果関係があったのかもしれない。そして日本の失敗は、１９２４年7月に施行された排日移民法以降特に反日を掲げる米国と反共同盟が結べないと判断して、１９３６年11月25日、「反ユダヤ主義」を掲げるナチスドイツと日独防共協定を結んでしまったことにもあるだろうし、それは、三谷太一郎『ウォール・ストリートと極東　政治における国際金融資本』にあるように、ユダヤ人が自分たちの対中投資を日本に取られるという危機感を煽ってしまったことにもあるのだろう。

もちろん、グルジア人であるスターリン率いるソ連も1936年8月19日から大粛清を開始し、ポグロム（ユダヤ人虐殺）を再開していたようではあるが（R・P・シェインドン前掲書）、それは巧みな情報統制とドイツを悪役にすることでうまくごまかし、逆にソ連国内や東欧、英米に居住するユダヤ人に働きかけ（モルデカイ・モーゼ『あるユダヤ人の懺悔　日本人に謝りたい』によると、FDR自身もユダヤ人であり、その政権内部にはハリー・ホワイトを始め結構な数のユダヤ人がいたようである）、上手くその世界戦略に利用したようだ。また、当時のソ連指導部にもユダヤ人は少なからずいたようだが、彼らはもはやユダヤ教徒ではなく、レーニンがユダヤ教にロシアのメシア思想を掛け合わせて生み出した共産主義教徒となっており、その多くがユダヤ教の聖職者であるラビからユダヤ教を破門されていたようである（中川八洋『戦争の21世紀　蘇えるロシア帝国』）。確かに、共産主義はユダヤ人であったマルクスが考え出したものであり、それは同じくユダヤ人であったキリストがキリスト教を生み出したのと似ているが、キリスト教徒がユダヤ教徒でないのと同様に、共産主義者はユダヤ教徒ではない。また、ユダヤ教徒がキリスト教徒から迫害を受けたように、ユダヤ教徒も共産主義者から迫害を受けたのである。そして、ユダヤ人全てが共産主義者ではないだろうし、共産主義者全てがユダヤ人でもない。あくまでもユダヤ人の中には共産主義者が多かったということでしかない。大学卒業後に実際にイスラエルに行ってみたが、ユダヤ人と言っても地位も経済力も肌の色も宗派も政治観も実に様々なのであり、落合信彦『モサド、その真実』にあるように、イスラエル自身、米ソ対立やその勢力均衡策の真っただ中で、国内へのソ連のスパイ工作やソ連に支援されたアラブとの戦争に血の滲むような思いをしてきたのである。第一、ユダヤ教徒が世界支配を狙っているならキリスト教のように布教するはずだが、石角完爾『日本人の知らないユダヤ人』によると、ユダヤ教に改宗するには幾多の難関が待ち構えているようである。

私が推論するに、ユダヤ陰謀論とはイスラエル建国という結果から推測した結果論であり拡大解釈に過ぎないと思われる。私はむしろ、ロシアがバルカン半島への進出を狙って陰でセルビアを動かし、オーストリア皇太子を暗殺させ、第一次世界大戦を勃発させたこと（渡辺惣樹『戦争を始めるのは誰か』）やユダヤ陰謀論の先駆けである「シオン賢者の議定書」が長年にわたって国内でポグロム（ユダヤ人虐殺）を行ってきたロシア帝国の秘密警察による捏造であるという通説（ラビ・M・トケイヤー『ユダヤ5000年の教え』）、米国の排日移民法に繋がった黄禍論はロシアのウィッテが流したこと（東京裁判研究会編『共同研究　パル判決書（上）（下）』）からも考えて、主にディスインフォーメーションが得意手段である「ロシア陰謀論」を提唱したい。

ソ連はまた、コミンテルンを使い、1924年1月20日の第一次国共合作以降、中国国民党にもスパイ工作を仕掛けており、満州事変や張作霖爆殺事件、支那事変のきっかけとなった盧溝橋事件、その本格的始まりとされている第二次上海事変は国民党内の共産党員（張治中など）が日中対立を利用して漁夫の利を得るために仕掛けたものだということが判明しつつある（加藤康男『謎解き「張作霖爆殺事件」』・ユン・チアン『マオ―誰も知らなかった毛沢東』）。また、ハリー・ホワイトの工作によって作成された、日本経済の活路であった満州国からの撤収をも暗示する最後通牒と言えるハルノートが11月26日に米国から提出された背景には、ヴェノナ文書によってソ連のスパイだったことが判明しているラフリン・カリーやオーエン・ラティモア（スパイかどうかは不明）らを通じて中国国民党が工作を行ったことが指摘されている（産経新聞『ルーズベルト秘録　下』・ハーバート・フーバー『裏切られた自由』）。

もちろん、日本の南進策の決定には、1935年5月11日のノモンハン事件でのソ連との激闘や1939年8月23日の独ソ不可侵条約も影響しているし（田嶋信雄『日本陸軍の対ソ謀略』）、1940年9月27日の日独伊三国軍事同盟締結には、ドイツ贔屓の駐独大使館駐在武官の大島浩などにドイツが対ソ戦を意識して自国に都合のよい情報のみを流したことも関係しているというドイツファクターもあるだろうが、『現代史資料1　ゾルゲ事件』などを読んで思うのは、日米関係を損ねる情報を流し続けた在日ドイツ大使館には尾崎秀実を傘下に持つゾルゲ諜報団の親玉であるリヒャルト・ゾルゲが大使顧問としており、オットー駐日独大使と親密な関係にあったことは否定できない。

結局のところ、この大戦によって、戦後、勢力圏を拡大し漁夫の利を得たのは、ソ連と米国であるが、米国は戦後、共産主義勢力との戦いで次第に疲弊し、日独同様あるいはそれ以上に勢力圏を失ったのは英国である。もちろん、この結果だけでなく、歴史的事実から時系列的に判断すると、ソ連がＦＤＲ政権と共謀し、英独対立、日中・日米英対立という火薬に火をつけたのは明らかなようである（ちなみに米国は、イラクやイランのように、かつて同盟を組んだり、支援した国から後で裏切られることが多いようである）。

この歴史の流れから結論を述べると、支那事変ですでに財政破綻目前の状態で、外では

１９３９年７月26日の日米通商条約破棄から始まる経済制裁によって最終的には石油まで止められて内堀まで埋められ、内には裏切り者がいて、外圧を利用して敗戦革命という内乱を起こそうとしている状態であれば、石油がなくなり戦闘機や戦艦を含む全ての機械が動かなくなる前に、戦闘に有利な冬期前に戦って活路を見出したほうがよいと判断し、大坂夏の陣の真田幸村のように、日本は籠城戦よりも野戦に打って出るしかなかったのかもしれない。確かに、石油が豊富に産出される中東の国であれば、多少の経済制裁を受けても大丈夫だろうが、日本では必要量の５％ほどしか石油が取れず、また、当時の地球のほとんどが欧米の植民地であり、国際連盟加盟国が25ヵ国しかなかった時代において、日本を支援する国などほとんど無きに等しかったようである。開戦しなければ、座して奴隷の平和を待つのみだったようであるし、あるいは米国によるフィリピンか中国からの爆撃など新たな手段が待っていたようである。

また、『昭和天皇独白録』や『ＧＨＱ歴史陳述録——終戦史資料（上）』を読んで思うのは、立憲君主であり、臣下の輔弼・輔翼に従わざるを得ないながらも、天皇大権と統帥権を持つ昭和天皇でさえも止めることができなかった戦争なのである。それほどまでに当時の日本の政府や軍部、マスコミの大部分はソ連の影響下にあり、排外主義を煽り、米国との戦争を望んでおり、そうしなければ彼らを中心にして、国民生活の窮乏を理由に共産革命が起きていた可能性が高い。このことは、陸軍の力が相当弱まっていた終戦前日でさえ起きた宮城事件というクーデター未遂事件から考えても相当説得力がある（この宮城事件の様子は『大本営陸軍部戦争指導班　機密戦争日誌　下』に詳しく書かれている）。あるいはクーデターが起きなくても、昭和天皇が廃位され、別の天皇の下で開戦していた可能性も高い。

そして、数百年に及ぶ過酷な欧米の植民地支配を目の当たりにし、内戦を経験しながらも開国し、「関税自主権の喪失」と「治外法権の譲渡」よって半植民地とされた状態から独立を回復しようと主要国を目指して幾多の戦争を乗り越え、歯を食いしばって頑張ってきた誇り高い人々なら、戦うことを選んだのかもしれない。このような歴史はユダヤ戦争やテルモピュライの戦いなど、世界には数多く存在する。日本人は元来、崇高な死生観を持ち、誇り高い民族であったようである。

そして、この開戦決議は、秋丸機関という陸軍省戦争経済研究班が科学的根拠を挙げて大本営政府連絡会議で決定した「対米英蘭蔣戦争終末促進に関する腹案（以下「腹案」）」に基づいて行われたことが分かりつつある（林千勝『日米戦争を策謀したのは誰だ！

ロックフェラー、ルーズベルト、近衛文麿そしてフーバーは―』など）。この「腹案」では、盧溝橋事件以来続いていた支那事変を収束させるべく、日本は米国との戦いを避け「西進」し、英国と開戦して東南アジアを解放し、そこから石油などの戦略物資を確保することで対米戦争を持久戦に持ち込むというものだった。そして主に潜水艦攻撃によってイギリスの艦船を撃沈することでインド洋を押さえてイギリスへの補給路を断ち、同じ方法でドーバー海峡を押さえたドイツと中東で合流し、中東の石油を確保するというものだったようである。当時の米国世論は圧倒的に孤立主義であり、日本が宿敵である英国を攻撃したところで、米国は参戦してこないであろうという計算もあったようである。

しかしながら、この1941年11月15日に決定し、当初はシンガポール占領など成果を収めた「腹案」を台無しにし、日本を破滅に至らしめたものが、「真珠湾攻撃」だったようである。これによって米国民が激高して米国の参戦が早まって、勝てる可能性があった戦争は二正面攻撃をせざるを得なくなり、大敗北となったようである。ちなみに『国際検察局（IPS）尋問調書』や『極東国際軍事裁判速記録』を読んで思うのは、昭和天皇と東條英機がこの海軍の「奇案」を明確に知ったのは、外交交渉打ち切り期限となっていた12月1日の御前会議以降のことであり、その決定を覆すことはできなかったようである。

参謀本部編『杉山メモ　上』にも12月1日の御前会議での真珠湾攻撃報告の記載はなく、軍事史学会編『大本営陸軍部戦争指導班　機密戦争日誌　上』には「正に戦争秘史中の秘史なり」とある。また、『GHQ歴史陳述録―終戦史資料（下）』の、開戦前後の陸軍参謀本部作戦課長であった服部卓四郎の陳述書にも記載が無く、またその陳述書に「海洋に於ける対米英作戦は主として海軍の主宰するものである」「内閣其の他の機関から統帥上の容喙を許さないのが日本の統帥組織の特徴」とあることから考えても、真珠湾攻撃は海軍の秘策中の秘策だったようである。ただ、『国際検察局（IPS）尋問調書　第15巻』で黒島亀人は、陸軍の数人は事前に知っていた、と述べている。

もちろん、米国はこの結果になることを期待し、また1941年2月15日の外務省暗号「紫」を解読し（小谷賢『イギリスの情報外交』）、同年11月16日の海軍暗号解読によって事前に予想し、日本による真珠湾攻撃よりも前に前線部隊に攻撃準備命令を出す一方で、ハワイの太平洋軍には参謀総長であるマーシャルが不在ということにして、日本軍による奇襲を敢えて知らせなかったようである（ロバート・スティネット『真珠湾の真実』）。

真珠湾攻撃の原因には、たしかに、当時の海軍と陸軍を一体的に運用する統合参謀本部が無かったことも挙げられる。しかし、『国際検察局（IPS）尋問調書　第4巻』によると、山本五十六は、東郷平八郎以来の日本海軍の伝統的戦略である「後退邀撃（こうたいようげき）」に反して、辞表をちらつかせてまで海軍軍令部や幕僚たちの反対意見を押し切って、真珠湾攻撃を断行したの背景に何があったのかは、今後も引き続き研究がなされるべきである。『国際検察局（ＩＰＳ）尋問調書　第７巻』には、ハワイ作戦が大海令第一号で本決まり後、１９４１年11月13日に岩国航空隊司令部で最後の打ち合わせが行われたとあるので、同年11月15日に決定した「腹案」は、山本からすれば、単なる奇襲のためのおとり作戦でしかなかったのかもしれない。また、確かに、真珠湾攻撃が予定通りの戦果を挙げるために予定されていた第二陣による機械工場や修理施設、燃料タンクへの攻撃が行われなかったのは、空母を喪失しないで帰るように軍令部から求められていた現場の南雲忠一中将や草鹿龍之介少将たちの判断もあったようである。草鹿は『国際検察局（ＩＰＳ）尋問調書　第20巻』で、真珠湾攻撃作戦をめぐって山本と意見対立があったことを証言しており、『戦備訓練作戦方針等ノ件　覚』で勇ましく真珠湾攻撃の重要性について述べている割には、真珠湾攻撃当時、ハワイから遠く離れた広島湾に浮かべた戦艦長門にいた山本への不満を示唆している。世紀の決戦の場に司令長官がいないなら、現場の士気は上がらなかっただろう。更には、『近衛文麿手記―「平和への努力」』や『早稲田大学史記要第37・38巻父・風見章を語る—風見博太郎に聞く—（その1・2）』によると、山本五十六は近衛と面会したり、風見章と手紙のやり取りなどして、彼らと何らかの関係があったようだ。実際、本来、軍政向きと指摘されていた山本を連合艦隊司令長官に再任したのは第三次近衛内閣の時である。また、前述の林千勝の著書によると、近衛内閣はＩＰＲと関係を持つ牛場友彦や松本重治らを通じて米国の国際石油・金融資本あるいは軍産複合体と何らかの関係があったことが指摘されている。中川八洋『連合艦隊司令長官　山本五十六の大罪—亡国の帝国海軍と太平洋戦争の真像』によると、山本五十六は戊辰戦争で賊軍となった家系の出であることから、明治政府に恨みを抱いていたことが指摘されている。これらのことを考えると、山本五十六の背後には、何かしらの「陰謀」があったとも考えられなくはない。

また、大野哲弥『通信の世紀』を読んで思うのは、米国への宣戦布告が遅れたのは外務省本省の失態であるということだ。確かに、統師部が奇襲を狙いすぎて、通告時間を攻撃直前ギリギリにまで遅めたことも原因であろうが、緊急時でありながら現場の事情を考慮に入れていない、外務省本省の複雑で分かりにくい電信送付方法も失敗の原因だろう。ただ、こちらもラストボロフ事件を機に明るみとなった外務省のスパイ事件などもあり（三宅正樹『スターリンの対日情報工作』）、その背景に何があったのかは引き続き研究されるべきである。

　もしこれらのことが真実であれば、真珠湾攻撃を主因とする日本の敗戦とはまさに、意図されていた敗戦革命であり、非常に悔やまれるものである。もちろん、「腹案」どおりの戦況になっていたとしても、今度は高度国防国家となり、戦争は終わらなかったであろうし、ソ連と軍事同盟を結び、その衛星国の一つとなっていた可能性は低くはないだろう。もちろん、参謀本部所蔵『敗戦の記録』によると、ソ連に講和のための仲介を申し込んだのは「其の参戦防止に努むる必要」とあり、それは東郷茂徳『時代の一面』でも確認できる。また、東條内閣は岸信介が辞職を固辞したために倒れたことから考えると『国際検察局（IPS）尋問調書　第14巻』、戦時下においても帝国憲法は機能していたと考えられ、共産国とまではならなかったのかもしれない。

　しかしながら、これが織豊政権や徳川政権初期の指導者たちだったら、大航海時代のキリスト教布教の裏にある国家転覆計画を見抜き断固たる鎖国政策を行ったように、巧みな情報収集の下で共産主義の欺瞞性や米ソの侵略の意図を見抜き、もっと早くから巧妙で断固たる措置を取っていただろう。

　しかし残念ながら、明治維新以降の欧化政策と四民平等の掛け声のもと進められた大衆化政策によって、武士階級は壊滅的な打撃を受け、日本古来の実務指導者教育である武士道教育は廃れてしまい、自国の歴史の否定からくる劣等感から無思想となり、いつしか戊辰戦争での敗北の悔しさと華族制度への妬みから反政府主義が生まれ、これが反植民地主義と結びついてアジア主義となり、そして世界恐慌後の大不況下において社会主義・共産主義と結びつき、ソ連の工作を受けて次第に指導者層にも入り込み、戦前・戦中では資本主義を掲げる英米との対立に繋がる排外主義として武士道や教育勅語は利用されてしまった部分も大きい。もしかすると、元来、協調性を重んじる日本の「和」の思想は資本主義よりも社会主義や共産主義とのほうが表面的には親和性が高かったのかもしれない。また、長谷川三千子『からごころ―日本精神の逆説』を読んで思うのは、外国のものを珍重するという「からごころ」もあったのかもしれない。そこにソ連や各国の共産主義勢力が付け込んだのだろう。イデオロギーとは、本音と建前の「建前」であり、その「本音」を見抜かないと大変なことになるようだ。

江崎道朗『コミンテルンの謀略と日本の敗戦』によると、大不況下にあった当時の日本は、計画経済で経済を回復させようとしており、笠信太郎の『日本経済の再編成』がベストセラーになっていた。そして唯一、計画経済を批判した経済学者は山本勝市だけだったようである。彼は2度ソ連を訪れ、その経済が完全に破綻していることを実地観察したうえで、1939年に『計画経済の根本問題―経済計算の可能性に関する吟味』を著し、「計画経済では、需要と供給のための情報を唯一に提供できる市場が不在だから、必然的に計画が出来ず経済は機能しない」と述べている。山本は戦後、国会議員となり自民党の自由主義経済政策を牽引した人物である。

また大不況下にありながらも、現在のような雇用保険や年金制度、国民健康保険などの充実した社会保障もなく（「家の制度」が辛うじて社会保障の代わりになっていたようではある）、国民生活の急速な改善を逸(はや)る共産主義に影響を受けた軍部の革新右翼たちは、積極財政を掲げる、いわゆるリフレ政策で世界金融恐慌から抜け出すきっかけを作り、1931年から1936年までの順調な経済回復を主導していた高橋是清を1936年の2・26事件で暗殺してしまっていた。その事件の背後に何があったのかは今後も研究がなされるべきであるが、山本勝市が指摘したように、計画経済が機能しないことを日本人が実際に理解するには1991年12月25日のソ連消滅まで待つしかなかったようである。

1714年、マンデヴィルが『蜂の寓話』で指摘したように、「私人の悪徳（私的利益追求）は、公共の利益」であり、「社会や公共の利益は政府の施策であって、経済活動から得た私人／私企業の利潤に課した税金を用いてなすものであって、経済は、あくまでも、個人や私企業の（国家権力の介入を排除しての）私的な利益追求が中核となったときのみ、右肩上がりに発展する」ようである。

　結局のところ、経済政策とは、その時の経済状況に応じて、ハイエク経済理論とケインズ経済理論を上手く使い分けるしかないのではなかろうか。

　そして、共産主義思想という全体主義思想に左翼も右翼も侵されていく中で、孤軍奮闘した人たちも確かに存在していた。彼らとは聖徳太子以来日本に続く伝統的保守自由主義思想を独自に学び、出光興産創業者の出光佐三の経済支援を受け、山本勝市を理論的指導者とし、「日本学生協会」と「精神科学研究所」を組織した田所廣泰と小田村寅二郎だった。後者は吉田松陰の妹の曾孫である（江崎道朗『コミンテルンの謀略と日本の敗戦』）。そして、ヨーロッパの中立国であるスウェーデンやスイスからポーランドやエストニア、ハンガリーの情報士官の協力を得ながら、ヤルタ密約や連合国の国体護持容認などに関する情報を送り続け、昭和天皇の聖断に決定的な影響を与え、本土決戦を避け、条件付きの講和を勝ち取るのに貢献した、陸軍情報将校の小野寺信（まこと）や岡本清福（きよとみ）、外務省の加瀬俊一、そして、彼らを現地に派遣した東条内閣時代の参謀総長である杉山元やその情報を得ながら腹芸を使い、本土決戦に備えて、関東軍の残っていた精鋭部隊を本土へ移しながらも、陸軍内の徹底抗戦派を左遷させていった小磯内閣から鈴木内閣時代の参謀総長である梅津美治郎(よしじろう)、外務大臣の東郷茂徳、早期講和に向けて工作活動を行った戦争指導課の松谷誠や吉田茂らもいた。そして米国にも日本に向けて皇室護持容認情報を送り続けた元駐日大使のジョセフ・グルーや海軍情報部のエリス・ザカライアス、スイスで岡本や加瀬たちと交渉し続けたアレン・ダレスといった日本に貢献した人たちがいた。彼らの命懸けの努力は決して無駄にしてはいけない（これらのことは岡部伸『「諜報の神様」と呼ばれた男　連合国が恐れた情報士官小野寺信の流儀』、有馬哲夫『「スイス諜報網」の日米終戦工作　ポツダム宣言はなぜ受け入れられたのか』、鈴木多聞『「終戦」の政治史　1943～1945』、山本智之『主戦か講和か　帝国陸軍の秘密終戦工作』からも判断できる）。ちなみに、終戦から講和までの日本を支えた人々はそれまでは陸軍中枢から疎んじられ戦地に左遷されていた人々や現場で「後始末」を行っていた人々が多かったようである。

そして勇気を持って、しかも上手く腹芸を使いながら、最終的にその戦争を辛うじてソフトランディングさせたのは、「死人(しびと)となり（腹をくくり）公に尽くすという武士道」を体得していた昭和天皇や鈴木貫太郎、阿南惟幾(これちか)、梅津美治郎などの軍人たちであったようである。結局のところ、国体護持のための徹底抗戦とはソ連の侵攻による日本の共産圏化を図るための欺瞞であり、国体護持のための早期講和に向けた工作は、まさに記述のようにインテリジェンスを駆使した偉業だったのだ。天皇の名で国民を扇動して始めた戦争を終えるのは相当困難な作業であり、単に聖断だけで終わるようなものではなく、原爆投下やソ連侵攻によって本土決戦一撃和平論や本土決戦論（徹底抗戦論）が不可能な状況になって大半の国民が納得できる状態になければ、終えることのできない大変な大事業であったようである。もし本土決戦に持ち込んでいたら、ソ連は北海道を占領していただろうし、米軍は九州に上陸していただろう。そして日本は朝鮮半島やベトナムのように、戦後は南北に分かれ、同じ民族同士で互いに憎しみ合っていた可能性がある。戦争とは退却戦が最も難しく、時代は総力戦の時代だったのだ。それゆえ、阿南陸軍大臣は終戦という事態を陸軍に納得させるためには割腹自殺するしか方法が無かったのかもしれない。

そして世界中が驚愕したこの武士道を、今度は対日占領下において、共産主義の一派であるフランクフルト学派の影響を受けた「ニューディーラー」が多数派を占めるGHQの民生局が（その識者にはユダヤ人が多かったようだが）、日本で敗戦革命を起こそうと、WGIP（War Guilt Information Program、日本人戦争犯罪意識洗脳計画）に基づき、てしまったようだ。

『菊と刀』や『真相はこうだ』、東京裁判によってプロパガンダを行い、公職追放、神道指令、歴史・地理教育や教育勅語の廃止や日本国憲法の制定などの政策によって弱体化させてしまったようだ。

またミトローヒン文書によると、ソ連から社会党へ相当な資金が流れたようである（中西輝政によると、中国共産党からは日本共産党に資金が流れたとのことである）。そして民生局は、徳田球一やゾルゲの右腕だったマックス・クラウゼンなどの共産主義者たちを釈放することで日本を混乱させようとしたようだ。

吉田茂『回想十年』を読んで思うのは、この背景には、ソ連と労働党政権となっていた英国を含む極東委員会や対日理事会の影響もあったようであるし、米国が比較的景気が良好なので優秀な人材が日本に来ないこともあったようだ。マッカーサーがその気だったら、ソ連による北海道占領や中華民国による中部地方占領を許しただろうし、米国が本当に一枚岩であるなら、ヴェノナ文書やFBI機密文書などの記録は残らず、非米活動委員会での実証活動も行われず、IPRが解散されることもなかっただろう。

この事実から考えても、先の大戦の原因はソ連と米国の国際共産主義勢力・国際干渉主義者との共謀にあることが証明できるのでなかろうか。もちろん、その目的は米ソそれぞれ違ったのかもしれない。

そして、私が、海外旅行を通じて、日本と海外を比較する中で感じていた日本の混乱、特に精神面での混乱の原因はまさに、このGHQ占領下において行われた諸政策、特にその結晶であるところの日本国憲法であるのは、現在では国民の多くが知るところである。帝国憲法の改正と日本国憲法の制定自体、「外国による武力占領下での憲法改正は無効」とするハーグ陸戦協定（43条）や、「民主主義の復活や国民の基本的人権、思想・言論の自由」を保証したポツダム宣言（10条）やポツダム宣言の履行を明示した降伏文書に違反しており、WGIPに基づいて完全なる検閲や脅迫下において行われた立派な戦争犯罪であり、サンフランシスコ平和条約のどこにも日本国憲法を引き続き遵守するという文言は一切見当たらないのである（もちろん、日本国憲法を英ソを含む対日理事会設立前に制定したおかげで天皇制が残ったという逆説もある）。

「パール判決書」では、ブラウン氏によると、「国際法のどのような規定であっても、『交渉に携わった者の意図に照らし合わせて条約を解釈せよ』という規則ほど確立されたものはない」とのことであるが、連合国司令長官であったマッカーサー自身が、１９５１年５月３日の米国上院軍事外交合同委員会で、東アジアにおける共産主義の脅威と日本の戦争が大部分、安全保障の必要に迫られてのものだったことを証言し、その見解を180度変えていることを考えると、占領期に行われたことは全て白紙に戻して考えてもよいのではなかろうか。

ちなみに、憲法学者である小山常実の『憲法無効論とは何か―占領憲法からの脱却』によると、まずは現憲法の無効を宣言し、法的混乱が生じないように臨時基本法として現憲法を一時的に採用し、一度、帝国憲法に戻して、その改正を試みるのが一番早いし、法理論的にもすっきりしていると主張している。フランスもドイツもあくまでも自分たちの憲法を制定し直している。

また、この改正の前に、イスラエルのように、現代民主主義国家に適しつつも効果的なスパイ防止法と中央情報機関の設立が急務のようである。ゾルゲ事件から判断すると、治安維持法は組織を対象としていたので、個人や転向者には無意味だったようである。

そして、ハワード・B・ショーンバーガー『占領　1945年~1952年』・有馬哲夫『大本営参謀は戦後何と戦ったのか』などを読んで思うのは、戦後、昭和天皇と宇垣機関に属する河辺虎四郎中将を始めとする陸海軍情報士官たちのインテリジェンス活動やGHQ参謀第2部（G2）のチャールズ・ウィロビー将軍の協力、国共内戦や米国内でのマーティン・ダイズ下院議員を中心とする下院非米活動委員会によるホワイトやヒスなどのＦＤＲ政権でのスパイ行為の摘発、ジョセフ・グルーを名誉議長とする対日協議会などの努力もあり（あくまでも日本を反共の砦にするとともに米国の投資先にするという目的であったようだが）、１９４８年の大統領選挙を意識するあまりにＦＥＣ２３０という過度な民主化政策を推し進めるマッカーサーを尻目に、同年1月6日に米国はそのＦＥＣ２３０に代表される日本弱体化政策を１８０度転換し（ロイヤル陸軍長官による対日政策転換演説「逆コース」）、日本を強化するために財閥解体を中止し、朝鮮戦争の勃発をきっかけに、自衛隊の前身である警察予備隊を設立し、日本の工業化を推し進め、現在の日本国の繁栄に繋がったようである。ここで我々日本人は、日本経済の復活と工業化には朝鮮戦争特需も大きく影響していたことは忘れてはならない。戦争はビジネスチャンスと言われることもあるが、あくまでも軍需工場となる第三者しか儲からないものであるようだ。ちなみにマッカーサーは共和党の大統領予備選挙で敗北すると、更にトルーマンに対する反発を強めたようで、前述の上院軍事外交委員会での証言に繋がったようである。

米国とは詰まるところ、その独特の猟官制度によって、時の政権・時の担当者によって政策が１８０度変わってしまう極端な所があり、強い日本を志向する主に共和党保守派に代表される「ストロングジャパン派」と主に民主党リベラル派に代表される弱い日本を志向する「ウィークジャパン派」があり、それはあくまでも米国の国益に沿ったものではあるが、日本はこの勢力均衡策という大波に上手く乗って対応しなければならず、米国では特に、ロビー活動による世論対策が重要なようである。もちろん、米国はその建国の理念であるキリスト教に基づき、戦後の日本を随分と手助けしてくれたことも忘れてはならないだろう。

そして、湯浅博『吉田茂の軍事顧問　辰巳栄一』によると、吉田ドクトリンと呼ばれる軽武装・経済優先策を転換し、国防軍を持っておくべきだったと、当の吉田茂自身が後悔していたことが近年発見された吉田書簡によって裏付けされており、吉田の軍事顧問であった辰巳栄一は自衛隊発足時かサンフランシスコ平和条約発効時かに憲法を改正するように吉田に強く働きかけたようである。米軍は、実は陸軍の増強だけでよく、金がかかる海空軍は米軍が担当するはずだったようだ。吉田が再軍備に反対した理由は鳩山一郎に対する選挙対策もあったとも言われている。もちろん、『昭和天皇実録　第十二』・豊下楢彦『昭和天皇の戦後日本』などによると、日米安保による米軍の駐留は、共産主義勢力から皇統と国民を守るために昭和天皇自らが求めたものであるようだ。日本が再軍備もせず、朝鮮戦争の行方が分からない状態では仕方無かったようにも思われる。

しかしながら、確かに戦後の日本は経済的には繁栄し、戦争に行かなくてよくなり、貴族制が無くなり、みな平等になれ、非常に平和そのものであるが、国防を外国人に任せた国民の末路はローマ帝国の歴史が証明しているように、アーノルド・トインビーによると、「ローマ帝国は内部崩壊した」のである。母親が自分の子どもを殺害するといった日本の近年の精神的な荒廃には目をつぶり、耳を塞ぎたくなる。また、貴族制の代わりに学歴社会化あるいは金持ち社会化が進み、エリートの大衆化・無責任化が加速している。医療や教育の現場ではモラルの崩壊が起きているのは、戦争に行かなくてよくなり、死生観が薄れたことと関係があるのかもしれない。

もちろん、戦争で死ぬのは明日の未来を担う若者であり、戦争は極力避けねばならない。そのためにもゾルゲ事件のような敗戦革命を目論むスパイ事件を二度と起こさないためにも、近代的なスパイ防止法と情報機関を創設して徹底的に情報収集し対応策を練らねばならないのである。そのためにはエリートの頭をもっと柔軟にする教育改革も必要だろう。永世中立国のスイスですら、自分の国は自分で守っているのだ。

しかしながら、戦後唯一の奇跡は、１２５代男系（全天皇の父親が皇族であり、氏姓を持たないという意味で）で続く万世一系の皇室が残ったことであり、日本文明の根幹であり、その体現でもあるこの世界的なソフトパワーとも言える制度を今後どう支えていくかを考えるのも我々の使命であるようだ。ちなみに、『昭和天皇実録　第九』などを読んで思うのは、孫子を知悉していた昭和天皇はインテリジェンスを駆使し、マッカーサー司令部に少数のお付きの者とだけで乗り込み、自らの責任にまで言及し、国民の生命を守ろうとした名君であったようであり、このことを我々は末代まで語り継ぐべきである。

ニューヨーク

さて、話は長くなったが、滞在期間は、バイト先である鉄道会社の都合もあったので１週間と決めた。自分が休む日を他のバイト仲間に代理で出勤してもらう必要があったので、あまり長期休暇は取れなかったのだ。そして、バイト先の友人が一緒に行きたがったので、２日間だけ重ならせることにして、ニューヨークのペンシルバニアホテルのフロントで待ち合わせることにした。

成田で、宇多田ヒカルの「Ｆｉｒｓｔ　Ｌｏｖｅ」を聴きながら出国を待つ長い列に並んでいると、ジャーナリストの櫻井よしこ氏を見かけた。当時見ただけで彼女と認識できるのは、相当ジャーナリズムに興味のある一部の人間だったので、彼女自身、私のような、その辺にどれだけでもいそうな学生に気づかれたことに相当驚いている様子だった。一瞬、声を掛けようと思ったが、急いでいる様子だったことと周囲に気づかせてしまっては身動きが取れなくなるだろうという気遣いから、軽い会釈程度で済ませた。彼女もきちんと応えてくれた。信用できる人間の尺度として目下の人間に対する態度があるが、彼女のそれはその基準を十分に満たしていた。

機内では、外資系航空会社のCAの応対に驚いた。私のことを「Boy.」と呼ぶのだった。これは全ての客を「客」としてもてなす日系の航空会社ではあり得ないことで、機内はもうすでに「日本」ではないことを痛感させられた。特に櫻井よしこ氏との応対の後だっただけに、かなりの衝撃を受けた。そして機内食を配給する際の「Fish or chicken?」という台詞は非常に乱雑で、いくらエコノミーでも日系の航空会社だったらそんないい加減な応対はしないと不遜に思った。

それからしばらくして消灯となり、仮眠の時間になった。日本との時差を考えてのことだった。東京とニューヨークは約半日の時差があり、普通だと昼夜が逆転してしまい時差ボケが起きるが、現地時間に合わせて機内で仮眠を取っておくと、着いてすぐに朝を迎え問題なく行動できるということだった。ただ、東京の時間で言う真昼間から本格的に寝ることに戸惑いを覚えたが、いざ暗くなってみると意外とすんなり眠れた。

ケネディ国際空港に着いて驚いたことは、職員のほとんどが黒人であることだった。空港の外で、市内へと向かうリムジンバスの切符を売っているのも黒人の少年だった。公民権運動やAffirmative Action（積極的格差是正措置）が進んでいたとはいえ、差別対象であった黒人の職域がここまで拡大していることに正直驚きを覚えた。まさに「百聞は一見にしかず」というのはこのことだった。

ホテルはユースホステルにしたのだが、ここでもフロントは黒人だった。応対は良かったが、コンピューターの調子が悪いのか、ダブルブッキングが多く、長蛇の列が出来上がっていた。私がその日に床に着いたのは24時を回っていた。ただ、機内で仮眠を取り、現地時間に合わせて朝食を取っておいたので、特に時差ボケはなかった。

就寝前にヒヤリとしたことがあった。いつものように途中、同じ一人旅の日本人と知り合いになったのだが、彼が予約していたはずの12人部屋（2段ベッド6つ）に入ってみると、彼のベッドにはすでに別の人が寝ていたのだった。よく見てみるとまだ中学生程度で、声を掛けてみると、近くにいた父親までが起きてきた。「白人」だった。いい歳をした白人が親子でユースホステルに泊まっているのはちょっと意外だったが、私が確認のために、「青色」の領収証の提示を求めると、彼が堂々と見せてきたのは単なる「白色」の予約証であって、「支払い済み」を示すものではなかった。恐らく、長蛇の列に並ぶのに嫌気がさし、他の客がセキュリティーロックの掛かるドアを開けたときに一緒に入り込んだらしかった。

事情を聞いてみると、どうやら家族8人ぐらいで泊まっているらしく、次々と子どもが起きてきて、しまいには母親までもが起きてきた。私が「フロントに確認する」と告げると、「なぜだ?」と切り返してきたので、「お金を払った者として、自分のベッドが他人のものか自分のものかどうかを確認する権利がある」と伝えると、その白人男性は急に怒り出し、顔を紅潮させて、「Do not say, "Right!"」と大声で数回叫んだ。子どもたちは父親と私のやりとりを見て笑っていたが、私は駅員アルバイトで不正乗車をしてきた外国人とのやりとりに慣れていたので、すぐに「I have a black belt!」と切り返すと、父親は少し躊躇し、そこに母親が動揺して止めに入ってきた。

私は部活動を辞めても町道場では日本拳法を続けており、また、毎日100回3セットの腕立て、腹筋、背筋、スクワットのサーキットは欠かしておらず、体力的には相当自信があった。当時の日本はヒクソン・グレーシーというブラジル人柔術家が「格闘技界の黒船」として、名のある日本人プロレスラーを撃破していた時代でもあったので、将来的に日本人として「武道家」を名乗りたかった私は、相当過酷なトレーニングを自分に課していた。私利私欲に走り、また、教科書検定における近隣諸国条項を結ぶなど、外圧に対抗する気概のない日本の政治家たちを見て、「武士道」を養成するための「武道」は日本の生命線だと考えていた。

後で知ったことであるが、日本人武道家は決して弱くはなかった。占領当時、GHQ側から米海兵隊銃剣道の教官と日本人武道家との試合の申し出があった。それを受けた日本側は、国務大臣で小野派一刀流の宗家でもあった笹森順造がある武道家に白羽の矢を立てた。それは鹿島神流第18代宗家の「國井善弥」だった。國井は木刀を持ち、銃剣を持った米海兵隊教官との立ち会いに臨み、試合が開始されるやいなや相手の攻撃を見切って木刀で相手を制し、身動きの取れない状態へと持ち込んで、圧倒的な実力差を示し負けを認めさせたそうである。そしてこの試合をきっかけにGHQは、軍国主義の台頭に影響を与えたと考えてそれまで行っていた、武道教育禁止措置を解除したのだそうだ（『決定版　秘伝のすべて』）。

また、そこまでして私が武道に対して情熱を傾けてきた理由の一つは、大学進学前に地元の繁華街で行ったチンピラ5人組相手のストリートファイトだった。それは浪人が終わって大学に行くまでの間、友人たちと遊んでいた時に起きた。ジャンケンで負けた人間が酒の買い出しに行くことになり、私もその1人となった。また、せっかく買い出しに行くならと、3人のうち1人が「ナンパ」をしようということになり、ジャンケンでまた負けた私が「担当者」となった。全く初めてのことであったが、決まった以上さすがに誰でもいいというわけではないので、しばらく見渡して、ある4人組を見つけて声を掛けてみた。それほど遊んでいるようには見えない、黒髪で品の良さそうな4人組だった。4人はまんざらでもない様子で、1人が皆に対して「どうする？」と聞いた。これはいけるかなと思った瞬間、突然、彼女たちの後ろから「おい、横取りするな！」と私の胸ぐらをつかんできた男がいた。かなり酒臭く、相当酔っているようで、そのまま私を閉店した店のシャッターまで押しつけてきた。私は「これではやられる」と思い、すぐさま相手の顔面目掛けて「ある技」をかました。

これでも小さい頃から腕っ節は強く、喧嘩では負けたことが無かったし、常に幼友達と喧嘩の練習をしていた（もちろんこちらから喧嘩を売ったことは一度もなかった）。相手はよろめき、そのまま倒れるかと思ったが、体勢を立て直し、殴りかかってきた。私はそのパンチを避けることができなかったが、すぐさま取っ組み合いとなった。私は高校時代に高名な柔道家でもあった体育教師から個人的に参段の資格をもらっていたので組み技には相当な自信があったのだ。しかし、ついに相手を投げることはできなかった。それから止められて引き離された瞬間に相手にパンチを入れたが、多少かすっただけだった。打撃を相手に当てるのがいかに難しいかを思い知らされた瞬間でもあった。これでも浪人時代に親友の応援団長の勧めで少林寺拳法の流派の一つである、ある道場に週に2回ほど通っていたのだったが。

それから正気に戻ってみると、1対5になっていた。つまり、3人いたはずの私の仲間（しかもナンパの言い出しっぺ）は、すでにそこにはおらず、しかも相手は5人組だったのだ。相手は慣れた様子で「これから仲裁屋を呼ぶ」と言い、その中の1人がどこかに電話をかけていた。また他の仲間たちは近くのストリートミュージシャンに金を渡し、自分たちに有利な証言をするように買収をしていた。一瞬、「やられたな」と思ったが、

「仲裁屋（ヤクザ）」が出てきてはどうしようもなかった。それからその連中の中で「ドラえもん」でいう「スネ男」のようなヤツが調子に乗って土下座しろと言い出したが、私も頭にきたのか「ここまで来たらとことんやってやろう」と思い、そいつに向かって「おい、お前、俺とやるのか？」と凄んでみると、そいつはすぐに目を逸らした。チンピラといえども全員が強いわけではなかった。

それからしばらく経って、警察が来た。見かねた人が呼んでくれたのだろう。私はありのままに全てを喋った。相手は鼻が潰れており、顔には何か鋭いもので切りつけられた痕があり、血が流れていたが、私は「胸ぐらをつかまれてシャッターに押し付けられ、相手は相当酔っていて、『このままでは危ない』と思い、手を出したのです。正当防衛です」とはっきり言った。指にはめていた指輪は、警察到着後すぐにズボンのポケットにしまっていた。「それに相手は酔っ払いの5人組です。5対1ではどちらが悪いのでしょうか？」と付け加えると、警官の1人がしばらく考えて「裁判を起こすこともできますよ」と私を弁護する内容を述べ始めた。「それには及びません。喧嘩両成敗で結構です」とだけ伝えた。事を大きくして両親や高校関係者に迷惑をかけたくはなかった。

それから、カラオケボックスに戻り、しばらくして解散した。喧嘩をした場所の近くに自転車を停めていたこともあって、空手部だった友人に同伴してもらった。すると案の定、その自転車置き場で先ほどのチンピラに出くわした。私が喧嘩をした相手は相当荒れており、その辺の自転車を蹴倒していた。それから私に気づいた彼らは、「おい、待てよ」と、私たちを囲み、再度、土下座を要求してきた。私は一呼吸入れて、「できるかよ！」と怒鳴ると、連中はまた急に大人しくなった。それから先ほど喧嘩したヤツと問答になり、私は、高校を出てから1年間、予備校で浪人していたこと、これから東京の大学へ行くことなどを大きな声で率直に述べた。自然と口から出てきた言葉だった。それからしばらく静まり返った後、突然、相手が「俺が悪かった」と言って頭を下げて謝罪し、私に抱きついてきた。何が起きたのか分からなかった。「これから何かあった時にはいつでも連絡してくれ。力になる」とまで言い、照れくさそうにしていた。

どうやら私は、九死に一生を得るタイプのようだった。

ちなみに後で知ったことであるが、私が喧嘩をした相手は同学年で、街中の中学校のボスであり、相当腕っ節が強く、ボクシングを習っているとのことだった。噂を聞いた、彼と同じ中学校出身の高校の友人たちは声を揃えて、「お前、…」だった。それから数年たってその友人たちから、彼らの中学校の同期会での話を聞くことがあったが、今でも「あの拳法使いめ…」と、懐かしそうに当時を語っているそうだ。

話は長くなったが、大学入学後、日本拳法を本格的に修行することで腕っ節には自信を持つに至っていた私も、外国で現地人と喧嘩をすることの危険性、しかも銃社会である米国であることを考慮して、それ以上その父親を逆上させることは避けた。「戦わずして勝つ」のが最善の策であることを読書を通じて知っていたからだ。また、彼も一家の大黒柱としての面子もあったのだろうが、母親の仲裁もあり、子供たちの安全を考えたらしく、すぐに落ち着きを取り戻した。それから一緒に階下のフロントに行き、フロントの黒人に事情を説明すると、適当なことを言ってごまかしてきたので、知り合いになった日本人の彼は「もういいよ。床(ゆか)で寝るから」と言って、自分の部屋へと戻っていった。とりあえず私は白人の父親とは笑顔で握手し、そしてその場で別れた。

それにしても私が「right（権利）」と口にしただけで、白人男性が一気に逆上した理由は一体何だったのだろうか。一つには空港からホテルまで移動する間に目にした多くの黒人にあるのではないかと思っている。
「Affirmative Action（積極的格差是正措置）」。日本では当時流行語ではあったが、黒人が黒人であるがゆえに当たり前のように優先的に大学に入り、優先的に職を得て、逆に押し出された白人が大学に入れず、職に就けないでいるとしたら、それは白人にとっては逆差別以外の何物でもないだろう。こういった職につけない白人の低所得者や失業者たちの怒りが、同じ有色人種である私に対するあの「Do not say, right!」という言葉の連呼に込められていたのかもしれない。

私はこの時初めて、自分が「有色人種」であり、黒人同様、差別の対象であることを思い知らされた。

またこの頃、サミュエル・ハンティントンの『文明の衝突』が出版されており、要約すると「いずれはキリスト文明とイスラム文明との大規模な文明の衝突が起きる」と書かれていた。そういう本が出版されるということは、その時点ですでにはもうその状況になっているということであり、この白人と私のやり取りは一種の「文明の衝突」であったのかもしれない。部活時代の一般入部の同期は「日本は独自の文明圏でアジアとは違うらしいな」と言っていた。彼は史学地理学科に現役で入っただけあって、非常に聡明で、大学2年の時には『孫子』を読んでいた。今ではある県警の警部にまで出世している。

この頃にはこの同期に誘われて横浜まで、日本拳法連盟の首席師範の道場に通うようになっていた。この時には同期たちは全日本で優勝しており、それは学内のスポーツ新聞で知っていたのだが、まさか向こうから出稽古の誘いがあるとは思ってもいなかったし、首席師範の道場に通わせてもらえるとも思っていなかった。それまでは退部して以来通ってはいたが、いつの間にか独立して勝手に独自の免状を出し始めた道場にただ週に1~2回通うだけだったので、部活時代に属していた流派の免状が取れないでおり、それゆえ、参段の昇段審査を断り続けていた。しかし、他の黒帯の先輩たちが別に道場を作り、連盟に復帰していく中で、私は2度も、お世話になった組織を辞めるわけにはいかず、また部活を辞めた自分を入れてくれた館長を裏切るわけにもいかず、そのままその道場に残り、弐段のまま、その道場が日本拳法ルールで独自に行う異種格闘技戦で、ロシア系ウズベキスタン人のバーリトゥードチャンピオンや忍法八段と対戦したりしていた。

ワシントンD.C.

翌日は特に時差ボケもなく、気持ちよく起きることができた。ただいつもと違っていたのは、洗面所で顔を洗っていると、白人たちがやたら多く、いよいよ本格的に「外国」に来たという感覚だった。昨夜の一件もあって、私は自分が黄色人種であることを妙に意識するようになっており、少し決まりが悪かったが、白人の少女が明るい笑顔で「Good morning!」と声を掛けてくれると、こちらも気持ちよくそれに応えた。

それから少し早めにユースホステルを出発し、駅員バイト仲間の待つペンシルバニアホテルへと向かった。鉄道会社でアルバイトをしていることと、世界有数の鉄道網を有する東京で生活をしていることもあって、複雑なニューヨークの地下鉄もすんなりと乗り継ぐことができた。東京がいかに大都会であるかも実感できた。朝食はとりあえず駅の地下街でパンとコーヒーを選んだ。もうすでに気分はニューヨーカーだった。

ニューヨークではあちらこちらで白い煙のようなものが道路から湧き出ていた。「火事でも起きているのでは?」と思うほどだったが、おそらく地下街の飲食店からのものなのだろう。東京ではあり得ない光景で当時は驚きを覚えたが、今ではそれもまたニューヨークの光景として懐かしく浮かんでくる。

ホテルに着くと、少し早かったので、ロビーのソファーに腰掛け、しばらく待つことにした。ちょうどヘミングウェイの『老人と海』を持ってきていたので、読んで待つことにした。しかしながら、待っても待っても友人が来ないので、事故にでも遭ったのではないかと思い始めた。当時は国際携帯電話などなく、日本にある相手の実家に電話しあって連絡を取る以外に方法は無かった。

1時間待っても来ないなら1人で行動しようと決めて、本を読み続けていると、忘れたころに「すいませーん、電車が事故起こしちゃって！」と、いつもの軽い調子で鉄道バイト仲間の「翔ちゃん」はやって来た。やれやれと思いながらも、ニューヨークというほぼ日本とは地球の反対側で無事に親友と再会できたことは奇跡に思えた。

翔ちゃんは私のバイト先での親友だった。学生バイトの先輩たちが卒業して、私が実質的なまとめ役となり、人間的に問題のある社員や鉄道高校崩れのフリーターの相手をするようになり、その数々の足の引っ張りから窮地に陥ったとき、私を唯一励ましてくれたのが翔ちゃんだった。鉄道高校崩れのフリーターには質の悪いのがおり、ソ連のように、人と人とを仲たがいさせて漁夫の利を得るのを好む人間がいた。そしてそれからは翔ちゃんと組んで、飲み会を定期的に行うことで、区長さんや助役さんを始めとする社員さんも含めて良心的な仲間を増やし（今でも付き合いは続いている）、見事、卒業するまで鉄道バイトを纏めることができ、最後には会社から最優秀定時社員の表彰を受けるにまで至れた。見ている人は見ているのであり、ただ一生懸命に仕事をし、その姿を示すだけでよかった。そしてこの経験は、国際政治史を見ていく上で非常に役に立っている。

こうして出来た仲間たちと共に、主に土曜日の夕方から翌朝にかけて、よく無賃乗車客を捕まえ、書類を作成し、罰金を取った。中には近くの超有名大学生や超有名マスコミ社員もいたし、近くのインターナショナルスクールに通う高校生たちで子ども料金で乗車する者たちもいた。中には本当に下北沢で買った切符を落としており、後日、律義に返しに来た台湾人もいた。

それだけ仲の良かった我々だが、インドで最初に出会った中田さんの助言を常に守っていた私は、旅行前から翔ちゃんに、「米国で一緒になるのは2日だけにしておこう。互いに行きたいところがあって喧嘩になるから」と伝えておいたので、彼は友人の紹介でニューヨーク郊外にある米国人家庭にホームステイをしていたのだった。

彼の到着後すぐに我々は、アムトラックでワシントンD.C.へと向かった。ニューヨークは治安が良く、あとで一人で十分に見られるからというのが理由だった。まずはホワイトハウスに行った。「これが世界帝国アメリカの行政府か」と思えるほど意外と簡素な造りで、特に何のセキュリティーチェックも無く中に入ることができた。

それからFBI見学ツアーに参加した。こちらはさすがに入り口で入念なボディーチェックを受けた。印象的だったのはツアーの最後に行われた射撃ショーだった。それはハリウッド女優を思わせるブロンド女性によるもので、射撃の最中はクールさを演出していたが、最後のQ&Aの時間では一人ひとりSirやMadamを付けて丁寧に応対し、観客の一人の白人男性のジョークにも明るく受け答えをし、その男性に心を開いたかのようにも見えた。まさにハリウッド映画のような白人同士による英語での優雅なやりとりだった。

ここで一つまた人種的な問題が起きたのだが、Q&Aの最中にアジア系、特に中国系による犯罪が多発していることが告げられると、前に座っていた中国系の観光客たちが急に退席し始めたのだった。その良し悪しは現在でもまだ判断がつかないのだが、彼らの政治的な対応の速さと勇気には少しだけ尊敬を覚えた。

それから明るい黒人のおばさんの笑顔が印象的なレストランでピザを食べ、キャピトルヒルから、ポトマック川沿いの芝生の敷かれた、だだっ広い一直線に延びた有名な広場を見た。同じ光景を国際政治の舞台に出てくる数多くの英雄たちも見たことを想像すると感無量だった。

その後、「喧嘩をするといけないから」ということで、それから夜までは別行動をすることにし、ホテルでの待ち合わせ時間を決め、お互いの無事を祈り、握手をして別れた。

私がまず行きたかったのはアーリントン墓地だった。当時、日本国内では総理大臣の靖国神社参拝が問題視されていたが、私の大伯父たちも祀られていると聞いてもいたので、私はよく終戦記念日である8月15日に靖国神社に取材に出かけていた。そしてそれだけに米国では戦死者をどう祀っているのかに関心があった。時計を見ると午後の2時であり、日が落ちる前にホテルに帰れるか分からなかったが、その後のスケジュールを考えて、とにかく電車を乗り継いで行くことにした。

墓地に着くと墓碑代わりに十字架が立ててあるところがあった。そこはあの「無名戦士の墓」だった。宗教の自由を謳う米国でさえ、戦死者の身元が分からず、信仰が分からない場合は、キリスト教で祀るというのが基本のようであった。確かに、大統領就任式はキリスト教の礼式で行われ、聖書に手を当てて宣誓している。いくら信教の自由と言っても、西側の自由主義諸国では、大多数の国民が信じている宗教で政治的儀式を行うのが基本であるそうだ。信教の自由とは「特定の宗派を国民に押し付けない」という意味であり、このことさえ最低守られていればよいとのことである（高森明勅編『日本人なら知っておきたい靖國問題』など）。

神道の場合、帝国憲法下では「神道は宗教ではない」と扱われたように、特定の教祖がいるわけでもなく、特定の教義があるわけでもない。正月のように日常生活に深く根ざしたものである。それは習俗と言ってもよい。この日本文明の根幹とも言える神道で戦没者を祀ることに何か問題があるようには思われない。そして靖国神社は大東亜戦争で亡くなった英霊たちだけを祀る神社ではなく、戊辰戦争以来、日本国のために尽力した戦死者を祀っているのであり、その中には坂本竜馬らの明治維新の立役者たちも祀られているのである。

さらに言えば、２０１１年3月11日に起きた、東日本大震災に、民主党政権という左派政権での混乱の下でありながら、命懸けで対応に当たり亡くなった人たちはまさに国の英雄である。彼らをどう祀るのか。慰霊として、単に献花・礼・黙禱するだけの簡素な儀式で済ますのは明らかに失礼であると思われる。彼らは何かしらの報酬を期待して、事に当たったわけではない。彼らは義務感、公に尽くす精神によって事に当たったのだろう。その時彼らの脳裏に何が浮かんだのだろうか。親や子どもはもちろんだろうが、もっと大きいもの、この豊かな自然に恵まれた日本国とその日本文明を守ろうという気持ちが浮かんでいたのかもしれない。こういった現場の英雄たちによって日本は成り立っているのであり、もっともっと彼らの功績を称えて、宗教的にきちんと確立した方法（祝詞をあげたりお経を読んだりするなど）で慰霊するべきであると思う。

日本は、平安時代の869年（貞観11年）にも貞観地震という大地震で今回のような被害に遭っているように、東西南北からプレートが押し寄せ、世界の陸地面積の0・2％の土地で世界の火山噴火の20％が起きている火山・地震国家である（中西輝政『日本がもっと賢い国になるために』）。こうした過酷な状況の中で、日本人は独特の死生観を身に付け、現世における「公に尽くすという自己犠牲の精神」を持つに至ったのではないだろうか。

このことを自分の目で確認できただけでも収穫はあったのだが、最後に見たものは壮絶だった。それはあの有名な「数人の兵士が戦場で星条旗を立てる様を描いた銅像（海兵隊記念碑）」なのだが、それは何と「硫黄島占領シーン」だったのだ。そしてその台座には米国の建国から最近に至るまでの戦史が刻まれていて、それを読むといかに彼らが太平洋を東から西に向けて領土を拡大してきたかがよく分かった。米国にとっても硫黄島占領と対日戦勝利が、ハワイ併合と米西戦争から始まるその海外膨張の歴史においていかに意義を持つものであったのかがよく分かった。

そして、東京裁判で唯一、日本無罪判決を出したインド代表であるパール判事の判決書やそれを支持した、イギリスの官房長官まで務め英国情報機関とも深いつながりのあったハンキー卿の『戦犯裁判の錯誤』でも裏付けられているが、A級戦犯とされた人々は、国際法に違反して設置された法廷によって、ほとんどが伝聞証拠に基づき、反対尋問も行われず、当時存在しなかった法律である「平和に対する罪」と「人道に対する罪」を、ナチスドイツのヒットラーのような独裁者が存在したかのように、「共同謀議」という英米法にしか存在せず、2年の禁固刑程度の軽い罪によって、「犯した」とされたのである。しかしながら、彼らはお互いに面識もない者や政敵である者もおり、共同謀議などできたはずがない。一方で、戦勝国側の戦争犯罪、例えば、ソ連による日ソ中立条約を破っての満州侵攻とそれに伴う略奪と婦女暴行、米国の東京大空襲や広島・長崎への原爆投下、支那事変での英米による蔣介石政権への軍事顧問団やシェンノート部隊などの義勇軍の派遣や軍事物資援助などの中立義務違反、国民党による日本人排斥運動や通州事件などの日本人虐殺、経済的ボイコットなどは、「平和に対する罪」や「人道に対する罪」に問われることはなかった。また、一般的な戦争犯罪も、A級戦犯とされた人々が「命令・許可・授権」したものではなく、また、伝聞証拠によって実行犯とされた大半のBC級戦犯たちも、その罪を死刑などによって十分償っている。さらに言えば、真珠湾攻撃前にすでに、日米戦争は支那大陸で始まっていたのであり、宣戦布告自体不要のものであり、また、国際法上、宣戦布告義務などは存在しなかったのである。

ちなみに、サンフランシスコ平和条約において、日本は東京裁判を受け入れたのではなく、あくまでもその諸判決を受け入れたのであり、それは判決を受けた人々を判決通りの刑に処することを認めただけだった。そしてA級戦犯とされた重光葵は、伊藤隆・渡邉行男編『続　重光葵手記』にあるように、後に減刑・釈放され、外務大臣として政界へと復帰し、国際連合加盟の際は、加盟文書に署名し、演説を行い、満場の拍手を受けたのである。

また、R・F・ジョンストンの『紫禁城の黄昏』によると、石原莞爾などが主導する関東軍（1905年9月5日のポーツマス条約に基づき南満州鉄道を警護するために駐留。その他の軍隊は義和団事変後に1901年の北京議定書に基づき兵営を設置）は、1931年9月18日、対中国協調外交を維持する幣原外交を当てにせず、万里の頂上の北側に位置し、清朝の聖地としてほとんど開発がされていない満州を占領し、北京の日本大使館に自主的に逃げ込んでいた清国最後の皇帝愛新郭羅溥儀を再び皇帝に迎えて満州国を建国したのだった。しかもこれは、あくまでも溥儀本人の自由意思によるものであったようだ。

また、東中野修道『南京事件　国民党極秘文書から読み解く』などの研究によると、いわゆる「南京大虐殺」も、どうやら中国国民党と中国共産党によるプロパガンダ（政治的宣伝）であるようだ。というのも、証拠とされる写真は、加工を施したものか内容がタイトルとは全く異なっているものであることが証明されており、また証拠とされる証言や日記の作成者は、公文書により、国民党やソ連のスパイであったことが判明し始めているからである。何よりも、原爆ではなく当時の日本軍の貧弱な兵器で4日間で30万人も殺せるはずがなく、記録によると、当時は20万人しか南京にいなかったが、日本軍入城後は、その人口が25万人に増加していることが指摘されている。また、南京市民と触れ合う日本軍兵士の写真や傷病者を手当てする病院の写真まで発見されるようになっているのである。それに30万人分の死体が写った写真が一つもないのである。また、死体があったとしても、それは便衣兵と呼ばれる民間人に偽装したゲリラか反乱を起こした捕虜である可能性が高く、両者ともに国際法では正規の軍隊ではなく、処刑してよいことになっている。また、東中野修道その他『「南京事件」証拠写真を検証する』によると、百人切りは記事を掲載した東京日日新聞の後身である毎日新聞社が「百人斬りは事実無根だった」と記述し撤回しており、現在でいうところの「フェイクニュース」だったようである。

また、米国政府のＩＷＧ報告書（ナチス戦争犯罪と日本帝国政府の記録の各省庁作業班米国議会あて最終報告）によると、民主党クリントン政権時代である２０００年成立の「日本帝国政府記録情報公開法」によって、米国が保有していた大日本帝国の機密文書が公開されたが、上記の戦争犯罪を裏付けるものは何一つ見つからなかったそうである。つまり、日本国による組織的な戦争犯罪の「命令・許可・授権」は無かったのであり、これによってパール判決書の正当性は裏付けられたことになる。

パール判事は判決文で、「これらの恐るべき残虐行為を犯したかもしれない人物は…」

と記述しているが、原文であるDissentient judgement of Justice Pal : International Military Tribunal for the Far Eastではｍａｙを用いており、ｃａｎとは違って事実に基づかない50％程度の推量に過ぎず、この場合は半信半疑であることを表しているに過ぎないのだ。

よく考えたら、教育勅語という世界に冠たる倫理教育を受けた人々が、マスメディアで言われているような姑息で非人道的な犯罪を組織的に犯したりするだろうか？　もちろん、当時の日本軍は徴兵制であり、戦時下であるから、中には実際に犯罪を犯した者はいたであろうし、共産主義に与する者が日本の信用を貶めるために意図的に犯した場合もあっただろうが、それは個人の犯罪であって、組織の犯罪ではなく、軍法会議で処罰されるはずのものであり、実際にその犯罪の多くが処罰されたものだったようである。

また、道義的な問題があったとする学者もいるが、あくまでも東京裁判は法律によって裁かれたものであり、道義的に裁かれたものではない。あくまでも、当時は、生きるか死ぬかの帝国主義下の時代だったのである。パリ不戦条約でも自衛戦争は合法であったのだ。「パール判決書」によれば、当時、自衛戦争はパリ不戦条約でもその解釈は各国の判断に委ねられており、東京裁判が行われている最中に設立された国際連合でさえも、自衛戦争は認められていたものなのである。また、九ヵ国条約もシナの内乱や共産主義の蔓延、ボイコットなどにより効力を失っていたことを考えると、国際法を守らない相手とまともに国際法を守って戦うことの大変さは、ベトナム戦争や中東状勢から明らかである。そして、ゾルゲ事件に見られる敵国のスパイ工作ももちろん、国際法であるハーグ陸戦条約（2章30条）違反なのである。

パール判決書は、大東亜戦争の原因を、「イギリス中心の世界経済秩序、ワシントンにおける外交工作、共産主義の発展とソビエトの政策に対する世界の輿論、中国の国内事情、列国の対中国政策と実際の行動、日本の随時の国内事情のような諸事情」としている。そして多数判決書は未だに公開されていない（Politics, Trials and Errors, Maurice Hankey）。

結局のところ、昭和天皇を国家元首とする大日本帝国は、ソ連によって仕組まれた、米英中との自衛戦争を誠実に一生懸命行っただけなのだろう。

それから日が暮れてきたので、入り口とは別の出口から出て駅のほうへと急いだのだが、その道路からは線路は見えるものの線路と私との間には小川があってなかなか駅へ近づくことができなかった。泳いで渡れそうな川ではあったが、ワニでもいたら困るので、そのまま歩き続けた。しばらく歩くと、後ろから若いブロンド女性の乗ったオープンカーが近寄ってきて、私を乗せてくれようとしてくれた。しかしながら、異国の地で見ず知らずの人の車に乗るのはあまりにも危険であるので、気づかない振りをしてそのまま歩き続けた。女性もこちらの警戒心を察したのか、すぐに去って行った。今思うに、彼女は単なる親切心から行動を取っただけだろう。そして、見知らぬアジア人男性をただ「道に迷っている」という理由だけで車に乗せようとしてくれたのだろう。私はそんな親切な若い白人女性がいたという事実に米国の懐の深さを感じている。

ホテル到着後、翔ちゃんとインド料理のレストランへと向かった。私は当時、バックパッカーだったのだが、必ず1セットはちょっとしたレストランに入れるような洋服を用意していた。というのも、いくら貧乏旅行とはいえ、1回ぐらいはその土地のちょっとした美味しいものを食べてみたかったからだ。そのレストランでは、カレーにナン、そしてサラダとチキン料理を頼んだが、最後に「Black Label」はあるかと聞いてみたら、丁寧に断られた。しかし、そのウエイターの眼差しには私への敬意が感じられ、それから3年前のインド旅行の話をして一緒に盛り上がった。

翌日も朝食後、別行動を取り、今度は博物館を見て回った。そして、たまたま入ったスミソニアン航空宇宙博物館には戦争コーナーがあり、日本の零戦の実物が展示されていた。また、欧米諸国の兵士のマネキンと並んで、少し背は低いが精悍な顔つきの日本兵のものもあり、堂々とした展示になっていた。それを観ている白人たちが何を言うかが気になったが、皆、口を揃えて「Good!」と賞賛し、それを聞いていた私は日本人として誇らしく思えた。この時感じた白人たちの日本に対する畏敬の様子は、今でも私の脳裏に焼き付いている。確かに、日本は戦争によって数多くのものを失ったが、スパイ工作を受けながらも植民地化から神道に代表される日本独自の文明圏を守ろうと、国民一丸となって自己犠牲を発揮し、勇ましく最後まで戦い抜き、国体護持という条件付きの講和を勝ち取ったからこそ、日本文明の根幹と言われる、万世一系の皇室だけは残せたのである。そして、ソ連にイデオロギー上利用されはしたが、念願であったアジア・アフリカ諸国の独立に貢献できたのである。それから何とか独立を果たし、現在、G7（先進七ヵ国）という地位に至っているのだ。そして、この日本に対する諸外国の畏敬の念と、そしてこの畏敬の念を抱かせる英霊たちの存在とその大和魂と言われた武士道こそが、現在の日本国の専守防衛という国防政策を辛うじて陰で支えているのではなかろうか。ひょっとすると、インドの宿屋の主人や台湾の元日本人である校長先生から聞いた話は、実はこれら英霊たちの声であり、このゼロ戦との出会いは、彼ら英霊たちによって導かれたものではないかとまで今は思っている。

アナポリス

翌日は早朝からアナポリスへと向かった。途中の駅で翔ちゃんと「また東京で！」と固い握手をし、お互いの無事を祈り、別れた。彼は再びニューヨークへ戻るとのことだった。

それから私は電車で終点まで行き、そこから長距離バスへと乗り換えた。その時、不思議に思ったのはバスに乗り込む人の中に白人が全くいないことだった。そういえば、白人はバスには乗らないのだったなと思い出したが、自分にはそれが一番都合のよい交通手段と割り切り、そのままバスに乗り込んだ。

しばらくしてアナポリスに着くとすぐに、近くの銀行でトラベラーズチェックを現金に換えた。その時、驚いたことに、銀行窓口のすぐ脇に、上半身裸の白人の少女が自分の乳首を摘んで笑顔でポーズを取って写っている写真が貼ってあるのに気づいた。おまけにその窓口係は白人女性だったので、私はどう対応してよいのか分からなかったのだが、これも一つのユーモアかと思い、「You?」と話しかけてみると、「My daughter!」と言って彼女はひどく狼狽した。それから何事もなくスムーズに現金への交換は行われたのだが、枚数だけはきちんと目視で確認した。

ホテルまではタクシーで向かった。それほど離れていなかったので料金も大した値段ではなかった。そこでも気になったのは黒人の従業員が多いことと白人がいてもロシア系であることだった。ロシア系は米国に出稼ぎに来ているということもあって、かなり無愛想だった。しかし意外なことに、受付の黒人女性がやたらにこやかに話しかけてきたのが印象的で、私も愛想よく受け答えた。黒人は米国と4年も（支那事変を含めると8年）まともに戦った同じ有色人種の日本人に敬意を抱いていると聞いたことがあるが、これがそれかなとも思った。彼女曰く「私、いつか日本に行ってみたいの」だった。

その日の最初の問題は、案内された部屋が1階で、しかも窓の鍵がかからないことだった。これでは夜中に侵入されたら終わりだった。それからさっそく、そのことを先ほどの黒人女性に丁寧に相談すると、横にいた経営者のような白人に確認し、すぐに2階の部屋を手配してくれた。私の最初の応対が良かったこともあろうが、外国では「上手に主張すること」も大切なスキルの一つであることが体感できた。

荷物を部屋に置くとすぐに、非常用品と文庫本、一眼レフが入った小さめのリュックとガイドブックを手に持って、外に出た。まだ昼過ぎということもあり、帰りはバスを使うことも考えていたので、中心部までバスで移動することにした。近くのバス停のベンチには白人の若い男性が座っており、何かしら本を読んでいた。雰囲気からジョン・レノンのような芸術家の印象を受けた。少し世間話をし、それから私も本を読み始めた。それから30分くらいしてバスはやってきた。あまり本数が無いようだった。

街中に着くと、古き良きヨーロッパを思い出させる、落ち着いた町並みに、フォーシーズンズなどの高級ホテルが立ち並んでいた。いつかはこういうところに泊まってみたいと思いながらも、目的地である海軍士官学校を目指した。というのも、他にも見るところはたくさんあったのだが、制限時間1日では第1目的を十分に果たすことが大切だと思ったからである。

海軍士官学校には驚くほど簡単に入ることができた。こちらが襟の着いた長袖シャツに長ズボンというちょっと綺麗めな格好をしていたからなのか、守衛の兵士から敬礼を受けた。確かに大半のアメリカ人はTシャツに半ズボンなのだから、私はかなり上品に見えたのだろう。最初に勢いづいた私は、体育館にグラウンド、そして港にまで入り、至る所で写真を撮って回った。今思えばよくもスパイ容疑で検挙されなかったと思うほどである。

中でも印象的だったのは、グラウンドでのアメフトの練習に向かう学生から気さくに声を掛けられたり、港の軍艦上で図上演習をしている士官候補生たちの写真まで撮ることができたことだった。そのうちの1人は女性士官だったが、とにかくその図上演習は「絵」になっていた。

予想以上の目的を達成した私は気分が良く、街中に戻り、近くのアイリッシュバーで遅めの昼食を取ることにした。夕食といっても良かった。アイリッシュバーということでギネスビールとフィッシュアンドチップスを頼み、その量の多さに少々驚きながらも、持ってきていたヘミングウェイの『老人と海』を読み始めた。食べて飲んでは本を読み、飲んで食べては本を読み、「日本代表」として大量のフィッシュアンドチップスを何とか完食しようと努めた。

それからしばらくして気がつくと、日は落ち始め、もう帰宅する時間になっていた。急いで残りの食事を食べ、バス停に向かったのだが、バス停では自分以外に周りにいるのは全員黒人だった。しかもバスを待つにつれ、どんどんその数は増え始め、また目的地行きのバスはいつまで経っても来なかった。日はどんどん落ちていくばかりでいつの間にか暗くなりかけており、初めてアメリカに来た自分にとって、日没近くに大勢の黒人に囲まれている状況は、かなり物騒な雰囲気になっていた。

私はこのままバスで帰っても、バス停からホテルまで歩く間に襲われかねないと思い、タクシーを拾うことにした。しかし、近くを通るタクシーもまた運転手は黒人男性で、おまけにその助手席にはもう1人黒人男性が乗っている始末だった。彼らはしきにり「Hey, come on!」と声を掛けてきたが、どこかに連れて行かれて暴行を受ければそれでおしまいだった。駅でアルバイトをしているときに不正乗車をした黒人を捕まえたことがあったが、あれはあくまでも「日本化した黒人」の話であって、銃社会である本場米国の黒人2人を相手に素手でかなうはずもなかった。

それから歩いて帰ることも考えたが、ホテルまで2キロはあった。これでは途中で襲われてしまう。私はしばらくの間、この①バス②タクシー③徒歩という究極の選択を逡巡し、いざという時は潔く戦うべしという結論に達して、③の選択肢を実行しようとした瞬間、ふと4つ目のアイディアが浮かんだ。

それはインドで覚えたことだったのだが、昼間通りがかった、すぐ近くにあるフォーシーズンズまで走っていき、そこでタクシーを呼んでもらうということだった。高級ホテルと関係があるタクシーなら問題はないだろうと。私はすぐに駆け込むようにしてフォーシーズンズのロビーに入り、冷房が涼しく効いた室内を、フロントへ直行し、タクシーを呼ぶように頼んだ。応対したのは黒人男性であったが、品の良さそうな顔立ちで、事情を察したのかすぐに快諾してくれた。ホテルに泊まってもいない客に対して嫌な顔もせずに応対するそのサービスの良さに素直に感動した。一つには私が夏というのに、襟のついた長袖に長ズボンというちょっとした格好をしていたのが好印象を与えたのかもしれない。

それからしばらくすると、高そうなキャデラックが表玄関に止まり、ドアマンが私を呼びに来てくれた。乗車すると運転手は初老の黒人であったが、BGMにはジャズが優雅にかかり、シートはすべすべのふかふかで座り心地もよく、安心して乗ることができた。途中、フロントの黒人男性にチップを渡すのを忘れたのを思い出し、3倍出すからさっきのホテルに戻ってもらうように伝えた。行って帰ってまた行くのだから3倍かなと思ったが、よくよく冷静になって考えてみると、メーターが付いているのだから走行距離に応じた料金を払えば良かったのだ。

フォーシーズンズに戻ると、車を待たせたますぐに、フロントに行き、ちょっと多いかなと思いながらも、「Thank you so much!」と言って、5ドル置いた。フロントの黒人男性は少し驚いたそぶりを見せたが、きちんとお礼を言ってくれた。それから同じタクシーで泊まっていたホテルに戻ったのだが、その運転手はちゃっかり「Three times!」と笑いながら料金を請求してきた。

ニューヨーク　Ⅱ

翌朝、ワシントンに戻り、それからすぐにニューヨークへと帰ることにした。やはり一番の目的は世界都市ニューヨークだった。様々な人種の人々が実際にどのように暮らしているのかに興味があったのだ。

帰りのアムトラックの中でハンバーガーとホットコーヒーを朝食に取っていると、前の座席のブロンド女性が急にリクライニングを下げ、ホットコーヒーが少しこぼれて私の太ももにかかり、ちょっと火傷しそうになった。少し文句を言うと、「Excuse me.」のただ一言だけ。決して自分の非を認める「I'm sorry.」ではなかった。さすが「世界帝国」だった。

ニューヨークでは再び、同じユースホステルに宿を取り、今度はスムーズにチェックインできた。並んでいる間に何人かの日本人と韓国人、米国人と知り合いになったのだが、それ以上深入りするのは避けた。今回はできるだけ1人で行動をしたかったのだ。その時一つ目に付いたのは、当時の日本人の若者たちはすぐ地べたに座り込むことだった。それだけは明らかに他国の人々とは違っていて、同じ日本人として恥ずかしい気持ちになった。

それからすぐに地下鉄でダウンタウンへと向かった。ニューヨークの地下鉄は、東京の地下鉄と比べて、錆びた鉄骨が剝き出しで、薄暗くて、やや寂れている感じがした。それでも乗客数は結構多く、白人を含めて様々な人種の人々が乗っていて、いよいよ「ニューヨーク」に来たな、という印象を受けた。ちなみに、当時はジュリアーニ市長が治安回復に努めており、夜の一人歩きも問題ないほどだった。

当時は1・2年次に相当数の単位を取得しており、4年次は授業数がほとんど無かったので、毎日のように東京観光をしていた。よく出かけたのは、学校帰りで定期券圏内にある新宿で、特に東口に寄っては露天商をしているユダヤ人たちと世間話をしたり、西新宿では、東京で初めて泊まったのがヒルトンホテルだったこともあり（大学受験による繁忙期でそこしか空いていなかった）、当時を懐かしみながら、その洗練された雰囲気を味わった。そんなある日、あるユダヤ人から「日本人は堕ちている」と言われたことがあったが、それは日本が戦争に敗けて米国から自信を無くすように洗脳されたからだと伝えると、多少は納得した様子だった。

時には大学の近くにあった世界有数の古書店街に出かけてみた。そこでたまたま中西輝政の『大英帝国衰亡史』が五百円で売られていて、すぐに購入することにした。彼のことは、『諸君！』で塩野七生（『ローマ人の物語』の作者で有名）と帝国論に関して対談をし、当初は押されながらも、見事に押し返した内容を見てよく覚えていたのだ。しかしながら、その場で話しかけた店員が急に値段を千円に変えたのには驚きながらも、やや納得する自分もいたのは不思議だった。

時には海上自衛隊の観艦式に行き、お忍びで来ていた台湾の大実業家・許文龍氏に偶然出会ったりもした。彼の孫とは、親しくさせて頂いていた米国籍の大学教授の子どものライブで知り合っていた。

またよく、渋谷の文化村や恵比寿の東京都写真美術館、上野の国立東京博物館、千駄ヶ谷の国立能楽堂に出かけては落合信彦の言う「審美眼」を養った。当時はそれが実際に何の役に立つのかはよく分からなかったが、人と多く出会い、その真偽を見分けることが必要となった今では、この経験は有り難いものとなっている。

そして当時通っていた美容室が下北沢にあり、そのオーナーから担当美容師までサーフィンをしていて、その店全体から受ける爽やかな印象が好きで、髪を切った後そのまま、教えてもらった原宿にあるサーフショップに通ったものだった。尊敬する武道家であるヒクソン・グレーシーもサーフィンをしており、そのバランス感覚を養うのに役立っていることからも関心があったのだ。

もちろん時には知り会った人から宗教の勧誘やネズミ講の勧誘を受けたりすることもあったが、お金が絡んだり、強引なやり口だったり、人相が悪かったりと、自分なりに判断し、難を逃れることができた。これはやはり、日頃から新聞や本を読んで知識を身に付けたりするだけでなく、美術館や国立能楽堂に通って自分なりに「審美眼」を磨いていたからよかったのかもしれない。

そしてこれらのこと全て、もちろん日本拳法も鉄道アルバイトも含めて、私が偶然にも東京に出て来たからこそ経験できたことであり、自分の想定通り京都の大学に行って、予定通り毎日お寺を巡って、もしかしたら昔の恋人と再会してお付き合いをしていたなら、恐らく経験できなかったことだと思う。むしろ、想定通りにならなかったからこそ、がむしゃらに代わりになる何かを得ようとしたのであり、今思えば、それが結果としては良かったのだと思う。スティーブ・ジョブズのスタンフォード大学での演説には全く同感である。

まずはブロードウェイに行き、「美女と野獣」のチケットを予約した。「Hi, Sir!」と言って窓口の黒人男性に話しかけると、気前よく応対してくれた。途中、隣の白人女性が割り込もうとしてきたが、「This Sir is first!」と言って、相手が白人といえども全く相手にしていなかった。私から「Sir!」と呼ばれて嬉しかったのであろうか、それとも単に「公正さ」を追求しただけだったのであろうか、それとも「白人」に対する対抗意識があったのだろうか？

それから歩いて中華街へと向かった。近くまで来ると漢字の看板が目立ち始め、日本の中華街とは違い、やや薄暗く寂れた雰囲気のものが現れてきた。その違いは地下鉄の違いと同じでやや小汚かった。日本の中華街の方が清潔感があった。この辺もその国柄というか、同じ中国系の人々でもその住んでいる国の影響を受けるのだろう。

次にユダヤ人居住地区へと行ってみた。以前から国際政治ジャーナリストの落合信彦の本やイスラエル人露天商との会話を通して、彼らにはとても興味があったのだ。近づいていくと、次第に看板にアラビア語のような文字が現れ始めた。それは初めて直に見るヘブライ文字だった。ただ、中華街と違って料理店や食品店があるのではなく、単に整然としたアパートがあり、ひっそりとした印象だった。アパートの前に停めてある自転車も控えめな色合いの緑色で、とても品が良くセンスがあるものだった。そしてその近くをこれからダウンタウンに行くのであろう、色白でスタイルがよい2人の若い女性が控えめなファッションに身を包み、歩いていた。ハリウッド女優にユダヤ系が多いのは知っていたが、その光景はまさに映画のワンシーンのようだった。近くのアパートの公園では頭に河童の皿のような帽子を被ったおじいさんが、ブランコに乗って遊ぶ孫たちの世話をしていた。その光景にも「静かで控えめ」という印象を受けた。

次にイタリア人街へと足を運んでみると、ちょうど「お祭り」の真っ最中で、町中に飾りがつけてあり、ピザやケーキなどの売店が多数街頭に出て、なんとパレードまで行われていた。ニューヨークでイタリア人といえば、「ピザ職人かマフィア」というレッテルを貼られてきただけあって、彼らにとって同じイタリア系であるジュリアーニ市長の存在は大きいものであっただろう。

それからしばらく歩いて、ダイヤモンドロウに行ってみた。その通りにはダイヤモンドを売買するお店が所狭しと並んでおり、黒いシルクハット状の帽子を被り、髭を伸ばした正統派のユダヤ人たちが逞しげに歩いていた。ユダヤ人たちは常に迫害に対する備えをしており、お金が出来たらダイヤモンドを買うのだそうだ。というのも、ダイヤモンドは高価ゆえに少量で済み、持ち運びに便利ということらしい。急に国を脱出しなければならなくなっても、ダイヤモンドさえ持っていれば、渡航先での生活には困らないということだ。

ユダヤ人の強みは金融と情報を押さえているところで、その力を武器にその時代時代の権力者たちの庇護を受けてきたようである。19世紀から20世紀にかけてはアングロサクソンとの関係がそれに当たるようで、よくユダヤ陰謀論などが世に出回るが、落合信彦『「豚」の人生「人間」の人生』によると、いまだに権力を持って世界を動かしているのはアングロサクソンのピューリタン、つまりＷＡＳＰであり、ユダヤはその手先でしかないということである。このことは佐藤唯行の研究（『アメリカ・ユダヤ人の経済力』など）によってても裏付けされている。

こんな調子で日ごろからユダヤ人に興味を持っていた私は、いつものように彼らの1人をカメラで撮影しようとしたところ、今にも殴らんばかりの形相で睨み付けられてしまった。ユダヤ人というと、どちらかというと「大人しい虐められっ子」という印象があったのだが、アメリカという競争社会で逞しく生き抜いているユダヤ人の迫力を思い知った瞬間だった。だが私も、せっかく米国まで来たのに、写真の1枚も取らずに、のこのこ帰るのは情けないと思い、とある店の前で会話している中年のユダヤ人2人組を見つけて、今度は事前に許可を得てから撮影することにした。

まずは、「自分は東京から来た日本の大学生である」と告げ、「ユダヤ人に興味があって今ここにいる。もし良かったら、写真を1枚撮らせてくれないか」と丁寧に尋ねた。すると1人のユダヤ人が「How much do you pay?」と言った気がしたので、私は、「さすがはユダヤ人。いきなり金を請求するのか」と驚いて「Do I have to pay?」と聞き返すと、彼はゆっくりと私が聞き取れるように「How much do I pay?」と言った。しばらく呼吸を置いて、私たちは大声をあげて笑った。それは緊張している私を和ませようとする彼なりの会心のジョークだったのだ。

「ジョークはユダヤ人が発明した」との言葉もあるぐらい、ユダヤ人はよくジョークを使うらしい。ニューヨークのコメディアンの多くがユダヤ人であることがそのことを物語っているようである。彼らはローマ軍の侵攻によるディアスポラ（A.D.74年）以来の迫害という辛い境遇をユーモアを使って明るく乗り越えてきたのだそうだ。明るく前向きに生きる知恵、なんと素晴らしいものだろうか。

そして、彼らは別れ際に私にこう打ち明けてくれた。「君は元外交官のチウネ・スギハラを知っているかい？　僕らは彼が書いてくれたビザのおかげで、ナチスの迫害を免れて、こうやってアメリカで生活できているんだよ。ありがとう」と。

彼が言っていたのは、リトアニアまで逃れてきた主にポーランド系ユダヤ人たちのために、国外退去命令が出てもそれが強制されるまでビザを発行し続けた、外交官の杉原千畝（実は、陸軍情報士官でもあった）のことであることが後に分かった（岡部伸『「諜報の神様」と呼ばれた男―連合国が恐れた情報士官小野寺信の流儀』）。そして、そのビザを持って満州国国境へとたどり着いたユダヤ人たち2万人が日本国内を通過して米国へと移住できるように取り計らった中には、樋口季一郎中将（相原秀起『一九四五　占守島の戦い』

などによると、玉音放送後もソ連と戦い、占守島を防衛した司令官でもある）や安江仙弘大佐だけでなく、あの東條英機（当時関東軍参謀長で後にA級戦犯となり絞首刑）もいたことは意外と知られていない。そして彼らは現在、ラビ・M・トケイヤー『ユダヤ製国家日本』によると、イスラエルのゴールデンブック（ユダヤ人の恩人帳）に名前が刻まれている。

また日本は、第一次世界大戦後のパリ講和会議において、人種差別撤廃案を提出するほど、人種差別と戦っていた国でもあった。そして、これは日猶同祖論が存在するユダヤ人に限った話ではなく（この同祖論は、ヘブライ大学教授ベン・アミー・シロニー『日本とユダヤ　その有効の歴史』などによると、共通点がいくつかあるだけで明確な証拠がないと否定されているが、田中英道『連載　世界の中の日本を語ろう　第十二回』によると、古代の埴輪の髪型から、古代日本におけるユダヤ人の渡来が指摘されている）、この人種差別撤廃案は長年にわたる白人の植民地支配を受けていたアジア・アフリカなどの有色人種たちに対するものでもあり、最終的には米国の公民権運動に繋がったようである。だから、私が米国で会った黒人たちは、私が日本人であることを知ると、親しみと尊敬に満ちた態度で接してきたのではないだろうか。

ユダヤ人は教育熱心でも知られる。いつどこでも生きていけるように小さいころから熱心に教育をするのだが、それは単に机の上の勉強に限らず、世の中で生きていくための「実践智」を家の手伝いなどを通して教えるのだそうだ。特に母親の役割が大きいようで、ホワイトハウスの見学の際、列の後ろに並んでいるユダヤ人家族の母親が子どもたちにおやつを分け与えるのに、かなり細かい指示を出していたのをよく覚えている。

またこれは、日ごろ、語学学校帰りに「駅前留学」していた、イスラエル人露天商から聞き、また読書を通して知ったことだが、イスラエルのユダヤ人たちは、兵役後、世界各地にいるユダヤ人たちの下で仕事の手伝いをしながら、仕事を覚え、各地を見聞し、言葉を覚え、それからまたイスラエルに戻り、大学へ進学するか、軍に戻るか、事業を始めるようだ。そしてこの海外旅行中に培った情報ネットワークをもって、自分だけでなく同胞たちの生命・自由・財産を守り抜くようだ。そして落合信彦『モサド、その真実』によると、彼らは自前の戦闘機や核兵器も所有しており、近隣諸国、特にサウジアラビアやイランに対する抑止力としているとのことである。

私は当時彼らとよく会話し、ユダヤ人に関する本を多く読んでいたため、かなりの影響を受けており、大学4年の秋であったが、就職するならそこと決めていた、戦後一貫して台湾支局を置き続けた、保守系の全国紙の試験すら受けていなかった。大学院の試験すら受けてもいなかった。卒業後は「いかに大企業に就職するか」ではなく、「いかに自由になるか」という発想の転換を行っており、そのための知識と語学、IT技術の習得と、自分の身を守るための武道の稽古と筋トレは毎日欠かさず行っていた。具体的には卒業後、台湾の商社でインターンシップをして台湾関係に精通し、米国の大学院へと進学し、法律だけでなく国際政治学と金融の知識をもっと身につけてから外国のメディアに行くか、早めに独立してフリーのジャーナリストか作家になり、日本を歴史的に「弁護」しようと思っていた。所属していたゼミの担当教官からはカナダの大学院を経て、米国の大学院へと進学する話をもらっていた。もちろん、いつかは故郷に戻り、もう亡くなっていたが、自分の英語の師匠と同じように、英語か数学でも教えながら文章を書き、後進を育成しようと思っていた。日本を変えようと思ったら、自分が政治家になるよりも、人を育てた方が早いと思っていた。そして、両親の面倒を見ようとも思っていた。母からは何でもいいからその分野の一廉（ひとかど）の人間になるように言われて育てられていた。

それからメトロポリタン美術館へと向かった。その外観は「ローマの神殿」を連想させるほど風格のある建物だった。それだけに入館料は安いものではなかったが、幸いなことに私は国際学生証を持ってきていたので、「タダで」入館することができた。その際私が大学生であることに気づいた受付嬢が、私に対して驚くほど寛容な態度を示したのには少々驚いた。日本で大学生と言えば、「飲み屋街で安酒を飲んで大騒ぎしている」程度の印象で、やや軽蔑される存在だったが、米国ではどちらかというと尊敬される存在のようだった。

メトロポリタン美術館で印象的だったのは、東アジアコーナーの半分以上を日本文化の紹介に使っていることだった。中に入ると、照明は控えめに使われており、日本庭園には必ずある、水がたまると倒れて音を出し、中の水が流れる仕組みになっている「鹿威し（ししおどし）」の音が聞こえてきた。日本では当たり前過ぎてそれを「芸術」とまで認識しないが、欧米人はその芸術性をきちんと評価しているのだった。展示物には琳派の尾形光琳による「杜若（かきつばた）図屏風」や甲冑、そして書院造りの和室を再現したものまであった。日本人の私が「よくぞここまで」と感心するほど、日本の伝統文化を的確に要約できた展示内容になっていた。またその説明書では琳派を取り上げ、琳派の作風は師弟関係ではなく、後の芸術家が先駆者の作品を模倣することで継承されていった点を挙げ、日本人の模倣の上手さを伝える内容となっていた。私はメトロポリタン美術館の学芸員たちの見識と芸術性の高さに感銘を受けるとともに、異国において日本の伝統文化の素晴らしさを再確認し、自分が日本文明の継承者の一人であることを誇らしく思った。よく言われることだが、自分を好きでない人間は他人を好きになれないし、自尊心のない人間は他人を尊重することはできないものである。パール判事は判決書において、日本が戦時中において自国民の優越性を誇張したことは、別に他国も同様にやっていることであり、白人至上主義を掲げる欧米列強のプロパガンダに負けないためには必要なことであったとまで述べている。

それからMOMAに行ってみたが、現代美術館だけあって、とくに感銘を受けるものはあまりなかった。ただ一つ印象に残ったのは、私が入館後に案内図を見ていると受付の人が「Japanese?」と聞いてきたので、少し身構えていると、彼らが親切そうに日本語で書かれたパンフレットを手渡してくれたことだった。数ヵ国語のものしかない中に日本語のパンフレットがあるということは米国で日本人がきちんと認知されていることの証しであり、異国の地で一人旅をしている私にはとても誇りに思う出来事だった。

その日の夜は、少しきれいめな格好をして「美女と野獣」を見に行った。ストーリーが単純なので英語は聞き取りやすかったが、その舞台の迫力は圧巻だった。特に主人公であるライオンが城の壁を実際に登りあがるシーンは臨場感があった。ただ、エンディング直後に主人公である王子と姫が感極まって物凄いディープキスをしていたのは、おそらく台本とは全く関係のないものであり、日本ではまずあり得ないことだった。

次の日は朝から、イースト・サイドとウエスト・サイドに出かけた。前者はあのジョン・レノンがオノ・ヨーコと住んでいたアパートがあり、おそらくジョン・レノンを意識しているであろう若者が、上半身裸でアパートの表玄関へと上がる階段に腰掛けて物思いに耽っていた。後者はジャズの本場であるブルー・ノートがあるところだったが、夜にならないと開店しないことと、ニューヨークとはいえ、治安があまりよくない（ベトナム帰還兵が一般社会に馴染めず野宿をしていると聞いていた）こともあって、1人で行くのはやめにした。ただ、ウエスト・サイドは東京で言う原宿のようなところで、コスプレをした若者が公園に集い、目抜き通りには寿司バーが軒を連ねていた。

その日の夜は、ヤンキースタジアムに野球を見に行った。まだ松井も在籍していないころだったので特にお目当てはなかったのだが、「ニューヨーク」ということで行ってみた。途中、地下鉄の中で3人組の白人の1人に写真を撮るように頼まれた。こっちも記念になると思い、撮ってあげると、その中のもう1人が「お前、金でも掘りに来たんだろう?」と聞いてきた。恐らく私を中国人だと思っているらしく、「どういう意味だ?」とやや感情的になって聞き返した。すると最初の相手が「どうしてそんなに大きなカメラを持っているんだ。俺のはこんなに小さいぞ」と嫌みな調子で言ってきたので「We also have compact cameras.(僕らもコンパクトカメラぐらい持っているぞ)」と言い返すと、「Where are we? I can't see we.(「僕ら」ってどこにいるんだ。どこにも見えないぞ)」と聞き返してきた。そこで私が「We, Japanese.」と言い返すと、その中の1人が耳打ちして「こいつ観光客なんだよ」と言うと、その親分格が文字通り、「手のひらを返したかのように」、ころっと態度を変えて恭しい態度を取り、目的地の駅でホームに降りると、「球場まで案内する」という変貌ぶりだった。

私は日本人観光客と中国系米国人に対する態度がこれほどまで違うのかと、驚愕し、その一見しただけでは分からない米国における深い人種差別を体験することができた。そして、予備校時代の英語の恩師が言っていた言葉を思い出した。「米国では日本人として生活するのはいいけど、一度、日系米国人となると、人種差別がすごいんだ。人種のピラミッド構造というのがあって、上位層には白人がいて、そのトップにはWASP（White Anglo-Saxon Protestant）がいるんだ。ユダヤが真ん中ぐらいで日系はその下だね」ということだった。

球場について少し残念に思ったのは、球場を一望できるように席を外野席にしたことだった。その時の外野席はあまりにも閑散としていて、隣では思春期に入った男の子とその父親がアイスを食べながら、「親子の会話」をしていたのだが、外野席とはそういうもののようだった。しばらくすると眠気が襲ってくる始末で、これでは時間の無駄だと思い、席を立って球場を出ようと階下に降り、出口に向かってしばらく歩くと、急にバックネット裏の光景が目に入ってきた。

そのシーンは圧巻だった。すぐそこにピッチャーとバッターが対峙している何とも臨場感のある光景で、ピッチャーが投げるとすぐにそのボールを打ち返すその両者のやりとりは、それまでの眠気が一気にどこかに飛んで行くほど、それまで観たどんなゲームよりも迫力のあるものだった。

ニューヨークでの毎朝の食事は、ホテル近くの道端の露店でパンとジュースを買って食べた。最初はホテルの近くにある雑貨屋で買っていたのだが、それを持って駅へと向かっている途中、露店の親父から「それはいくらだ？」と聞かれたので値段を答えると、「うちの方が安くて、うまいぞ」と言ってきた。翌日実際にその店で買い物をしてみると確かに安く、ベーグルまで置いてあった。以来、その親父とは毎朝顔を合わせ、世間話をする仲になった。こういう売店から身を起こし、ビリオネヤになった人がいたと聞いたことがあったので、もしかするとその親父も志の高い人間だったのだろう。

翌日は、ホテルで知り合ったマレー系英国人の男性と一緒に街をぶらつくことになったのだが、これが本当につまらなかった。本人がどうしても一緒に行こうというから付き合っただけなのだが、そのメガネを掛けたやや褐色で小太りしたマレー系英国人ボブはとにかく日本人の悪口を言ってくるのだった。しかも自分の行きたいところばかりに行こうとして、終いには「ナチス占領下のコペンハーゲンを、椅子に腰掛けた3人組の会話で表現する」というかなり前衛調の演劇を見せられた時には本当に参ってしまい、途中から寝ていた。

上演後、彼にははっきりと「僕は自分の貴重な時間を無駄にしたくないから、1人で行動させてくれ」と言って、1人でセントラルパークを散歩することにした。

セントラルパークはニューヨークという大都会のど真ん中とは思えないほど、たくさんの木々に囲まれ、リスなどの小動物が生息していた。また、憩いの場であるようで、人々はランニングをしたり、自転車に乗ったり、テニスをしたりしていた。そこには滑り台やブランコなどの子どもの遊び道具まであり、意外とたくさんの子どもたちが母親同伴のもと「キャーキャー」言って楽しそうにはしゃいでいた。犯罪都市であるとは全く思えないほど、平和な光景だった。

最終日の朝は、ボブの誘いをきっぱりと断って、1人でハーレムに出かけることにした。面倒なことになって貴重な時間を失いたくなかったのだ。駅に着いてメインストリートを歩いてみると、さすがにそこはハーレムで、治安が回復しつつあるニューヨーク中心部のイメージとはかなり違った印象を受けた。道沿いに公園があるのだが、その奥の木陰に座っている3人組の目つきが異常に鋭く、「本場の黒人」とはこういうものをいうのだろうかと衝撃を受けた。また、近くを白人の警官が3人組で歩いていた。日本ではせいぜい

2人組だろう。ハーレムの治安の悪さを体感できた光景だった。

それから名門コロンビア大学（歴史を学んだ今ではフランクフルト学派という「左翼の巣窟」というイメージがあるが）に行ってみたが、意外なことにハーレムから数駅しか離れていなかった。それでいて意外とセキュリティーは甘く、簡単に校舎の中に入ることができた。印象的だったのは、そのローマ建築調の図書館前にある大きな銅像だった。風格のある環境は人を自然に勉強する気にさせるのだろうが、米国の歴史的な建造物はローマ調のものが多く、それは、中西輝政『アメリカ外交の魂』で指摘されている、「共和制」という建国の理念が、プロテスタンティズムによって強迫観念を持つが故に、自然と指向する「帝国性」と関係があるのだろうか。

それからすぐに空港に向かったのだが、ジョン・F・ケネディ国際空港の出国手続きには驚いた。何のチェックもなしに飛行機に乗れたのだった。一切なしだった。私が搭乗時間締め切り間際だったということもあったのだろうが、「Come on!」の一言で、航空券すら見せる必要はなかった。

帰国後、法学部法律学科だったので卒論はなかったが、代わりにゼミ論文を書いた。タイトルは「戦後日台関係史と21世紀における日台関係の展望」だった。そして、私はただ単に、「学生時代に行ける外国は限られているので、とにかく発展途上国から中進国、先進国までを見て回ろう」と、渡航先にインドと台湾、米国を選んだだけなのであるが、その組み合わせを考えてみると、それは対露包囲網を形成しており、マッキンダーやスパイクマンといった英米系地政学に沿ったものであったのは不思議である。

そして大学を卒業し、台湾の商社でインターンシップを終えて帰国後すぐ、今回の米国渡航のちょうど1年後の２００１年9月11日に、ニューヨーク同時多発テロ事件が起きた。私はその事件の一部始終をＮＨＫの生中継で見ていた。最初は火災でも起きたのかと思っていたが、２機目のジェット機がタワーに衝突した時、それがテロであることを確信した。そして、もし時間が1年ずれて自分もその現場にいたことを考えると、人生の不可思議さを感じずにはいられなかった。そして、冷戦後、湾岸戦争を経て米ソ和解が進んで漂っていた国際協調の雰囲気は一変してイラク戦争が始まり、その後の世界情勢は混迷の一途を辿り、日本もまたその大波にのまれていった。

あとがき

書き終えて思うのは、「大変な扉を開けてしまった」ということである。ここまで来るのに20年以上かかってしまった。特に歴史に関しては次々と新資料が出てくる中での模索だった。歴史はどんどん新しくなるのだ。また人生観・死生観に関しても自分なりに納得するには相応の人生経験、「人生のへリ」とも言えるものが必要だった。しかしながら、この人生経験は文体を洗練させるためにも、また歴史観を深めるためにも無くてはならないものだった。そして今思うのは、「この扉は実は自分が開けてみたかったものである」ということだ。「禍福は糾える縄の如し」。人生は一度しかない冒険物語であろうが、自由意思に加えて「スリル」というスパイスがないと面白くない。

第3章の歴史問題の部分は、約20年前にある高名な国際政治学者を研究室に訪ねた際に、公に研究することを止められた内容である。その時は「公にするのはもっと自分を『エスタブリッシュト』してからにしなさい」と言われた。その学者も指導教官から同様のことを言われたのはその著作から知っていたので、悲しくもあり嬉しくもあったが、大学院に進み修士号あるいは博士号という肩書を持つという過程を経ることをやめるよい機会となったのは間違いない。費やしたであろう金と時間も考えると、これで良かったのだ。

研究テーマは卒業以来、「武士道と国際政治」だった。国際政治というどろどろとした世界で純粋な武士道が立ち向かえるのかと考えて悩んだ時期もあったが、武士道が無ければ、日本を再建するのは難しい。

しかしながら、今思うのは、この治者の最高の徳目は誰もが持てるものではなく、また武道をしているからでも軍人だからでも偏差値の高い高校や大学を出たから持てるものではないということだ。こういった武士道を持つ人口の0・01％が適切な場所にいて、危機の際には各自の職分に応じて逸れた軌道を正しい方向へと修正すれば十分なのである。この武士道を体現した人々、特に英霊たちの悲惨ながらも勇気ある行動の歴史を私は描いてみたかった。歴史はいつか必ず真実を伝えてくれるものだと、私は信じている。

そして、その歴史を若い世代に語り継ぎ、次世代を育成していくことが自分の役目だと思っている。戦争に行って死ぬのはいつの時代も若者なのであり、武士道と教育勅語は敗戦革命を意図した革新右翼たちの排外主義に悪用された部分が大きいが、本来、武士道とは、「負けて死ぬこと」ではなく、あくまでも「勝つためのもの」なのである。そして、死生観を持ち、自己研鑽し続けることでもあるのだ。

そして、東日本大震災などの未曽有の自然災害や少子高齢化、親による子供の虐待、残忍な殺害事件に苦悩する日本を元気づけたくもあった。ただ、こういった悲惨な状況においても見えないところで武士道を発揮し現場を支えている英雄たちがいるからこそ、日本や世界は救われているのである。

この武士道については、親類たちや古武道・茶道・書道の先生方、地元の護国神社で定期的に勉強会を開催されている先生方から伺っていたので、迷うことなくその「正当性」を裏付ける研究を続けることができた。姉から大学時代の教授の話として聞いていた「いい男は皆、戦争で死んだ」という言葉も私を支え続けた。

また禅や神道、密教のお師匠方からは、迷うことなく精神性を高く持ち続けることや「今」に集中することの大切さを教えて頂いたし、年に一度、霊巌堂まで歩いて通い、宮本武蔵先生の五輪書にある「諸芸に触れること」の教えもいつも心にとめていた。

時には、宗教という形而上学を志向して神職か僧侶になることを考えなくはなかったが（国際政治学という形而下学に飽き飽きして）、自分の役目は両者を繋ぎ合わせることであり、「人事を尽くして天命を待つ」ことの大切さを実証しようと心に誓ってきた。

そして、受験勉強を通して大局観を持つことの大切さを強く意識するようになり、海外旅行先を選ぶ際には、大学４年間は限られているので、発展途上国から中進国、先進国を見てまわることに気をつけ、何となく、インド・台湾・米国を選んだのだが、今回の作品を通じてそれぞれが見事に繋がっていたことを実感できた時は嬉しかった。それぞれの国は、戦後の日本を大いに助けてくれた部分もあるので（特に東日本大震災ではそうだったが）、今回双方の繋がりを描けて良かったと思っている。

今年は令和元年ということもあり、先の大戦をテーマとして扱っていることもあり、大学卒業以来初めて、8月15日に大伯父たちが祀られている靖国神社を参拝しようとしたが、台風十号のおかげでそれはかなわなかった。校正の進捗状況から考えると、それはむしろ「神風」だったのかもしれない。おかげで、重要な資料にも目を通す機会に恵まれた。

執筆作業に行き詰まった時は１９９０年代後半の懐メロ、特にＳＭＡＰの「夜空ノムコウ」やｇｌｏｂｅの「ＦＡＣＥ」、宇多田ヒカルの「Ｆｉｒｓｔ Ｌｏｖｅ」を聴き、自分を励ました。疲れた時には、厳選された良質の豆を浅煎りして作る「琥珀色のコーヒー」で有名な、珈琲店に行った。マスター曰く「口にするものには相当気をつけないといけません。戦後の日本人はずっと最低のラインを来ているのですよ」とのことである。そしお店にはかの三島由紀夫氏も足繁く通われ、コーヒー嫌いが治ったと言われている。そして、交通事故で傷ついた体を癒やすためにウォーキング治療で有名なクリニックにも通った。院長（現名誉院長）はご健在であり、江田島にご実家があり、海上自衛隊の術科学校で資料を調べたこともある現院長との歴史談議は得るものが多かった。現院長曰く「今の子どもたちにはもっと体を鍛えさせないといけない」とのことだった。

交通事故もあり、通常業務もありながらの執筆活動となり、こんな時に限ってその他様々なことが起き、まさにミッション・インポッシブルではあったが、親しくさせて頂いている先輩方から教えて頂いた「好事魔多し（『琵琶記』）」・「神は細部に宿る（ドイツの建築家ミース・ファンデル・ローエ）」という標語を忘れなかった。昨年夏から特に気をつけている、掃除・食事・睡眠も心掛けた。また、「点と点を線で結ぶ」ことの大切をそれとなく教えてくだり、研究者になるためには読み書きの英語力が大切であることを教えてくださった英語の師匠である故緒方史郎氏のお言葉も常に心掛けた。

また、編集・校正の時期は8月から9月と、作品当時と同じ季節であったので、当時の「季節感」を再現するのに非常に役立った。そして、最終校正は東京の西新宿のホテルで行うことができ、作品当時と同じ環境で、当時の「都会性」まで再現できたかもしれない。

締切直前期は、仕事に集中するために携帯電話の電源を切り、静かな環境で当時を振り返った。

今回、初めての出版は、自費出版ということもあり、クラウドファンディングで資金の一部を工面した。株式会社修成工業代表取締役社長藤本隆二様、長谷川浩之様、平山正剛様、森若鐵夫様、山下剛史様、吉村良平様を始め多くの方々に大変お世話になった。心から感謝申し上げる。挫けそうになった時には皆様のお顔を思い出し、今まで支えてくれた仲間たちのために歯を食いしばった。

そして、約20年ぶりの再会であり、突然の訪問にもかかわらず、快く積年の質問に答えてくださり、主に終戦に関する参考資料を紹介して下さった日本大学危機管理学部教授の小谷賢博士にも心から御礼申し上げる。また、出版社の選び方や大学の研究室の訪問の仕方について適切な助言をくれた呉高等工業専門学校准教授の冨村憲貴博士をはじめ、プロジェクトにかかわったすべての方々にも感謝申し上げたい。特に冨村博士の研究テーマである「シェイクスピアと音楽」は本作品を書く上でも参考にさせて頂いた。史料の閲覧では、主に、福岡市総合図書館や早稲田大学大学史資料センター、一橋大学付属図書館の方々に大変お世話になった。心より御礼申し上げる。

クラウドファンディングでお世話になったＲＥＡＤＹＦＯＲ株式会社の吉倉恭寛氏と村

山愛津紗氏をはじめ、プロジェクト制作にかかわったすべての方々にも感謝申し上げたい。彼らのインタビューにより、作品を通して自分が伝えたい内容がまとまり、深まった。また彼らの適切なアドバイスや激励が無ければ、プロジェクトが成立せず、出版には至っていなかった。心より御礼を申し上げる。

そして、今回の出版は、取り敢えず、読んでもらって感想を聞くだけでもと、駄目元で参加した文芸社の出版相談会がきっかけだった。それまで他社の懸賞に二度応募したことがあったが、入賞すらしていなかった。なので、年明けに文書で出版化の打診があった時には目を疑ったのと同時に、厄除けもあって足繁く通った様々な神社の神々に感謝した。そして、埋もれていた私を発掘して下さり、会社と費用の値下げや交通事故による手直し作業期限の延長を交渉して下さった担当の川邊朋代氏をはじめ、制作にかかわったすべての方々に御礼申し上げたい。

最後に、出版まで約20年近く要した私を温かく見守ってくれた両親と姉に心から感謝の気持ちを表したい。

令和元年11月1日　黒木淳哉

著者プロフィール

黒木 淳哉（くろき じゅんや）

明治大学法学部法律学科卒業。翻訳事務所代表、一級翻訳士（政経・社会）、専修学校法人大学予備校英語講師。熊本県警察・熊本地方裁判所通訳人、外務省外部翻訳官、大阪大学大学院言語文化研究科客員研究補佐員などを歴任。「武士道と国際政治」をテーマに、文献を渉猟するだけでなく、研究対象の国を実際に訪れたり、古武道や茶道・能・禅・書などの日本文化、神道や密教などの宗教を体験的に研究している。赤十字救急法救急員、水上安全法救助員（ライフセーバー）、日本拳法五段。

扉のムコウ

2019年12月1日　初版第1刷発行

著　者　黒木 淳哉
発行者　瓜谷 綱延
発行所　株式会社文芸社
〒160-0022　東京都新宿区新宿1－10－1
電話　03-5369-3060（代表）
03-5369-2299（販売）

印刷所　株式会社フクイン

ISBN978-4-286-20882-4